UN AN ET UN JOUR,

TRADUIT LIBREMENT DE L'ANGLAIS,

PAR M.me LA BARONNE ISABELLE

DE MONTOLIEU.

TOME TROISIÈME.

A PARIS,

CHEZ ARTHUS BERTRAND, LIBRAIRE,

RUE HAUTEFEUILLE, N.o 23.

1821.

UN AN ET UN JOUR.

TOME III.

DE L'IMPRIMERIE DE CORDIER.

UN AN ET UN JOUR,

TRADUIT LIBREMENT DE L'ANGLAIS,

Par Mme DE MONTOLIEU.

Quand la feuille des bois tombe dans la prairie,
Le vent du soir s'élève et l'arrache aux vallons.
Puisque je suis semblable à la feuille flétrie,
Emportez-moi comme elle, orageux Aquilons.

Meditations poetiques de M. ALPHONSE
DE LA MARTINE.

TOME TROISIÈME.

A PARIS,

CHEZ ARTHUS BERTRAND, LIBRAIRE,
RUE HAUTEFEUILLE, N.º 23.

1820.

UN AN ET UN JOUR.

CHAPITRE XIX.

Je reviens à mes amis, et j'ai recours à mon porte-feuille, où je trouve quelques lettres du jeune révérend Charles Bellenden à Julia, sa future épouse, pendant un voyage qu'il fit à Londres, à l'époque où je suis restée. Malgré l'ordinaire insipidité des lettres d'amoureux, je cède à ma paresse du moment, et je vais les transcrire en entier.

A MISS JULIA BELLENDEN.

Londres, le 18 mai.

Ma bien-aimée Julia, si vous avez souffert la moitié autant que moi de notre séparation, vous aurez regretté, long-temps avant

III.

que de recevoir cette lettre, les instances que
vous m'avez faites de partir. Je suis presque
tenté d'être jaloux, sans savoir de qui, quand
je me rappelle l'ardeur avec laquelle vous
me pressiez de vous quitter; et dans mes momens de mélancolie, je le suis presque d'attribuer les larmes qui roulaient dans vos
yeux, en me-donnant vos dernières commis-
sions pour votre sœur, à quelque autre cause
qu'à celle du chagrin d'une absence que,
d'un seul mot, vous auriez pu prévenir. Je
ne suis pas du tout convaincu qu'elle fût absolument nécessaire à nos intérêts. Le bien le
plus précieux pour moi, Julia, n'est-il pas
votre présence? Si vous n'aviez pas desiré que
je visse lady Egglestone, j'aurais laissé là toutes
mes affaires, et je serais revenu au presbytère
sans délai.

Je fus donc hier à Grosvenor Square; votre
sœur n'était pas à la maison; je laissai ma carte
et votre lettre, disant que je reviendrais le

lendemain prendre les ordres de madame la comtesse ; mais je ne laissai pas mon adresse, préférant n'avoir pas l'air de rechercher les attentions du comte, qu'il regarderait peut-être comme une trop grande condescendance.

Combien n'est-il pas étrange, ma Julia, que j'éprouve autant de répugnance à faire la connaissance du mari de votre sœur, de cette Caroline qui fut si long-temps ma compagne et mon amie d'enfance !

Dites à votre père que j'ai découvert par hasard une très-bonne édition de la *Bible* de Dodds, et une très-curieuse vie de Jean Knox, en latin, qu'il voudra bien admettre dans sa bibliothèque. J'ai aussi acheté un excellent télescope, qui me donnera le délice de contempler avec vous, Julia, le firmament et les astres qui roulent dans l'espace. Oh ! combien les plaisirs que le séjour de la campagne procure sont réels et délicieux ! Quel calme ! quelle douce sérénité cette vie répand dans

l'âme ! Ici tout est bruit, confusion, précipitation ; ma tête tourne de ce continuel brou-
haha ; je m'étonne que l'on conserve à Londres ses sens et sa raison : j'en suis vraiment
étourdi et malade, et je me surprends à dire :
Pauvre, pauvre Caroline ! te voilà condamnée
à ce supplice ! Je partirais dès demain après
l'avoir vue, si je ne me flattais, en restant plus
long-temps, d'infliger une légère punition
à celle qui m'a envoyé dans ce tourbillon.
Adieu, très-chère Julia ; en quelque lieu que je
sois, croyez que c'est avec vous, voire, etc.

Charles BELLENDEN.

Du Même à la Même.

Londres, 19 mai.

J'AI obéi à vos ordres, ma chère Julia ; j'ai
vu Caroline ; et, comme la plus forte preuve
de ma sincérité, je veux vous dire sans réserve

tout ce qui s'est passé dans mon cœur. Suivant ma promesse, je suis retourné ce matin à
Grosvenor Square; mais, quoique la journée
fût plus de moitié passée, j'imaginai que je venais encore de trop bonne heure. Au premier
moment, je reçus la même réponse qu'hier :
Pas à la maison. Je me retournai pour m'en
aller, un peu piqué, je l'avoue, d'être encore
renvoyé, quand je fus rappelé par un grand
et beau laquais, beaucoup mieux mis que moi,
qui me dit, en lisant ma carte, que, puisque
j'étais M. Bellenden, milady avait donné
l'ordre de m'introduire au moment où je reviendrais, et qu'elle n'était pas sortie de la matinée. En conséquence, il me fit monter une
belle rampe, et m'introduisit dans une suite
d'appartemens qui, j'en suis sûr, occuperaient
tout l'espace entre la porte du presbytère et
le bout du village, et chaque chambre me
paraissait toujours plus magnifique : à la fin,
j'entrai dans un cabinet d'étude assez sim-

ple, où j'aperçus Caroline. Elle était devant
une table copiant de la musique, et je vous
avoue qu'elle me parut l'être humain le plus
parfaitement beau que j'eusse jamais vu. Un
rayon de lumière passait au travers des jalousies à demi-fermées, en même temps qu'il
éclairait son visage vraiment céleste. Il marquait sur ses joues l'ombre de ses longues
paupières. Elle était mise avec la plus grande
simplicité, et si attentive à son occupation,
que son domestique répéta deux fois mon nom
avant qu'elle l'entendît; mais à la seconde
fois elle leva les yeux; et me voyant sur le
pas de la porte, elle s'élança vers moi avec la
vivacité de ma chère petite Caroline : — Cher,
cher Charles! s'écriait-elle en me tendant les
deux mains. » Elle me reçut comme la sœur
la plus affectionnée aurait reçu un frère ab-
sent depuis long-temps; et, sur mon âme,
je ne puis concevoir ce qui m'a empêché de
poser un tendre baiser fraternel sur ses joues

qui touchaient presque les miennes ; mais je
ne sais pourquoi j'étais à-la-fois surpris et touché. Je m'étais attendu à une réception toute
différente : jamais je n'aurais pu croire que la
comtesse d'Egglestone fût restée exactement
Caroline Bellenden ; je n'ai pas trouvé le
moindre changement, excepté dans ses manières, qui sont plus posées : ce n'est plus l'é-
tourderie de l'enfance, mais c'est encore l'aimable gaîté de la jeunesse ; sans avoir perdu
de ses grâces, elle a plus de noblesse dans le
maintien ; ce qui vient sans doute de ce qu'elle
a grandi : en tout, je la trouve embellie ; et
si la mode lui donne cette élégance qui la dis-
tingue, je crains de ne pouvoir plus déclamer
contre cette folie.

Elle envoya tout de suite informer lord
Egglestone que j'étais chez elle ; son valet-de-
chambre vint, peu de minutes après, dire
que le comte était sorti pour une promenade,
mais qu'il me demandait *l'honneur* de ma

compagnie à dîner. Je supposai que c'était l'é-
tiquette, et je refusai l'invitation. Cependant
ce refus parut faire tant de peine à Caroline,
elle me pressa si instamment de dîner avec
eux le lendemain, que j'y ai enfin consenti,
quand même mon retour auprès de vous,
chère Julia, serait rénvoyé d'un jour. Ne pensez-vous pas que Caroline a conservé encore
un peu de son empire, puisqu'elle a obtenu
cela? Je crois qu'elle ne regretta pas plus que
moi l'absence de son mari. Nous pûmes parler
tout à notre aise du cher presbytère et de ses
chers habitans. Elle me demanda les détails
les plus minutieux, et n'a rien du tout oublié. Les altérations subites de son teint, le
tremblement de sa voix, prouvaient combien
son âme entière était intéressée à mes répon-
ses. Mais quand je lui dis que son épagneule
favorite, Korra, dormait toujours sur le lit de
M. Bellenden : « Cher père »! s'écria-t-elle;

et croisant ses mains sur la table, elle appuya sa tête dessus, et fondit en larmes.

Dans ce moment, un petit coup à la porte annonça l'approche de quelqu'un; elle s'ouvrit, et il entra un beau jeune homme, que, par sa manière et celle dont il fut reçu, j'aurais pris pour quelqu'un de la maison, si son chapeau n'eût pas marqué une visite. Il s'arrêta brusquement en me voyant, et me regarda de la tête aux pieds, ce que je lui rendais, mais sûrement avec une physionomie plus satisfaite; car non-seulement j'étais frappé de sa belle et noble figure, mais il me semblait qu'elle ne m'était pas tout-à-fait étrangère, quoique je ne pusse me rappeler où je l'avais rencontré. Un regard qu'il jeta sur Caroline, dont les yeux brillaient encore de larmes, avait quelque chose d'inquiet et d'ombrageux. Elle nous présenta l'un à l'autre, et me nomma M. Orlando Percy, un des jeunes gentilshommes qui vinrent, il y a quel-

ques années, demander asile au presbytère. En entendant mon nom, son air devint
plus amical; il nous demanda excuse de nous
avoir interrompus, et offrit de renvoyer sa
visite à un moment plus propice; mais il était
facile de voir qu'il éprouvait un vif regret de
n'être pas venu avant moi. Caroline le retint,
en exprimant avec sa charmante manière, et
en termes également flatteurs pour tous deux,
son desir que nous fissions une plus intime
connaissance l'un avec l'autre; et je ne pus
m'empêcher de remarquer que lorsqu'elle
parla, ma Julia, de notre prochaine union,
en m'appelant son frère de choix, toute la
réserve de M. Percy disparut dans un instant.

Je restai près d'une heure, et ce temps
passa si rapidement, que je n'eus pas l'idée
que ce n'était peut-être pas l'usage du bon ton
de faire d'aussi longues visites. Cependant je
pris congé avant que M. Percy songeât même
à se lever; mais il ne resta pas long-temps, car

avant que j'eusse atteint le bout de la rue, il
me rejoignit, et m'offrit, de la manière la plus
polie, de m'escorter à quelques expositions
intéressantes des produits des beaux-arts. Je
soupçonne que c'est à Caroline que je dois
cette bonté inattendue; mais quelle qu'en
fût la cause, l'effet n'en était pas moins agréable; et, ce qu'il y a de certain, j'ai rarement,
et peut-être jamais, passé, loin du presbytère,
une matinée qui me fît plus de plaisir. On a
raison de dire qu'il n'y a point de règle sans
exception : quoique M. Percy soit évidem-
ment un jeune élégant à la mode, il n'en est
pas moins un des hommes les plus instruits,
et qui ait plus et mieux lu, que j'aie rencontré, au moins autant que je puis en juger
dans le peu d'heures que j'ai passées avec lui.
Je suppose qu'en raison de mon état d'ecclésiastique, il pensait que l'inspection de savans
in-folios serait parfaitement adaptée à mes
goûts; en conséquence il m'a mené dans quel-

ques bibliothèques publiques auxquelles il est
abonné, et il m'a prouvé, par le choix des ou-
vrages qu'il m'indiqua, qu'il ne faisait pas une
vaine parade d'un savoir qu'il ne possédait
pas. Demain je dois aller avec lui voir quelques collections de tableaux et de statues desquels je me promets beaucoup de plaisir. J'ai
découvert qu'il avait aussi le goût le plus cul-
tivé pour les beaux-arts. Je reviendrai au presbytère plus instruit et plus sage, puisque j'ai
appris qu'il peut exister une jeune et belle
femme de qualité sans la moindre affectation,
et un jeune homme à la mode sans fatuité.
Mais n'allez pas croire, ma Julia, que si mes
opinions peuvent changer, il en soit ainsi de
mon cœur; ce cœur sera toujours entièrement
ouvert devant vous. Vous savez que j'ai aimé
votre sœur avec toute l'extravagance d'une
première passion, et le souvenir de ce que j'ai
senti en la voyant la dernière fois, causait ma
répugnance à la revoir encore. Je l'ai vue ac-

tuellement, et quoique je reconnaisse qu'elle
est encore plus aimable, plus belle, plus séduisante que jamais, cependant, ma Julia,
votre empire sur mes affections s'est encore
affermi. Votre sœur était née pour le rang
qu'elle orne et relève, et semble formée pour
respirer dans une atmosphère d'élégance et
de grandeur, comme l'oiseau de Cachemire vit
seulement de l'exhalaison des roses. Je l'ad-
mire comme un être au-dessus des perfections
humaines; mais vous, Julia, je vous aime
comme celui qui fut créé pour moi. En passant ma vie avec vous, j'anticipe plusieurs
années, s'il plaît à Dieu de nous conserver
l'un pour l'autre, sur le bonheur éternel que
nous nous efforcerons de mériter dans une
autre vie, en nous encourageant mutuelle-
ment dans la route qui peut y conduire. Si
vous ne connaissiez pas aussi bien mon caractère, je pourrais hésiter de m'exprimer ainsi,
de peur que mes paroles ne vous rendissent

injuste envers moi; mais graces au ciel, chère
Julia, toute réserve, tout doute sont pour jamais bannis entre nous. Vous êtes convaincue
de mon inaltérable attachement, déjà prouvé
par le temps, et que le temps renforcera; et si
je m'interdis avec vous ces mots flatteurs qui
sont, dit-on, la preuve d'une ardente passion,
c'est parce que je suis sûr que mon cœur n'a
pas besoin d'autre interprète que le vôtre.
Adieu,

Ma chère et seule amie,

Votre Charles BELLENDEN.

Du Même à la Même.

Londres, 10 mai.

« JE reçois dans ce moment votre lettre,
ma chère Julia. Serait-il possible que votre
sollicitude pour mon voyage à Londres vînt
du desir de savoir si, après avoir revu Caroline, je pouvais encore, *comme vous osez à*

peine vous en flatter, vous préférer et vous aimer ?

» Je ne sais si je dois me plaindre de vos doutes sur mon caractère, ou sourire de votre injuste appréciation de vous-même ; mais permettez, chère Julia, pour un moment, que je mette l'amant de côté, et que je réclame le privilége d'un ami, j'ai presque dit d'un mari, et que je vous conjure, une fois pour toutes, de bannir à jamais la jalousie de votre esprit ; repoussez avec vigueur ses injustes suggestions. Vous dites que votre défiance de mon attachement naît de l'excès du vôtre : lorsque l'humilité poussée trop loin, chère Julia, se joint aux autres vertus, la funeste passion de la jalousie n'a que trop de facilité à s'insinuer dans le cœur sous le masque de la modestie ; mais, chère amie, soyez sur vos gardes pour résister à cette dangereuse tentation ; elle est le seul mal qui puisse jamais troubler notre bonheur domestique.

Si l'opinion que vous avez de moi n'est pas
capable de réfuter de tels soupçons, je ne mérite pas que vous me confiiez le soin de votre
bonheur, et je n'ose vous le demander.
Mais je repousse cette pensée ; je ne veux pas
m'arrêter à me défendre contre une accusa-
tion indigne de nous deux ; ma Julia ne peut
douter de son cousin, de son ami, de son
amant, et bientôt de son heureux époux. Oublions tous les deux qu'une possibilité aussi
humiliante ait jamais pu s'insinuer dans nos
esprits, ou rappelons-la seulement comme
une preuve de la parfaite franchise qui règne
entre nous, et qui sera la meilleure sauve-
garde de l'attachement mutuel qui fera notre
bonheur.

» J'ai rempli hier ma promesse de dîner à
Grosvenor Square. La compagnie n'était pas
nombreuse ; mais la bonne chère, la vaisselle,
les domestiques, la magnificence de chaque
chose, me rappelaient les contes arabes ; je m'i-

maginais presque être Aboul-Hassan, soudainement transporté au palais du calife de Bagdad. Lord Egglestone n'est pas du tout l'homme que je pensais voir; quoiqu'il se donne l'air très-important, et qu'il soit et plus vieux et plus infirme que je ne croyais, il n'inspire point le respect qu'on éprouve pour la vieillesse.

» Quant à lady Margaret, elle est le résumé de tout ce qu'il y a de désagréable. Elle fit à peine attention à moi, même lorsque je lui fus présenté comme parent de sa belle-sœur; elle m'a traité tout le jour avec le mépris le plus évident. Les manières du comte, d'un genre différent, n'étaient pas plus flatteuses, mais plus embarrassantes; ses civilités affectées étaient presque une insulte, par l'air de hauteur ironique et de protection qui les accompagnait; et s'il m'eût répété une fois de plus *combien il était flatté de l'honneur que lui faisait M. le révérend Charles Bellen-*

den, etc., etc., etc., je crois que je l'aurais
privé de cet honneur, et que je serais sorti de
sa maison pour n'y rentrer de ma vie: mais
non, la crainte de faire de la peine à Caroline
m'aurait tout fait supporter. Avec quelle délicatesse, quelle adresse imperceptible elle
savait me dédommager de l'impolitesse et du
dédain de ses alentours! comme elle avait soin
(car ce ne peut être l'effet du hasard) de faire
tourner la conversation sur des sujets dont je
pouvais parler avec le reste de la compagnie!
et s'il était question de quelque chose où je
fusse étranger, elle prenait bien vite la peine
de me l'expliquer, ou de m'adresser indivi-
duellement quelque chose d'aimable qui me
mettait d'abord à mon aise; et cependant je
ne sais comment il arrivait que, quoique je me
sentisse l'objet de sa partialité et de sa bonté,
je crois que chacun des hôtes pouvait en dire
de même: elle n'en négligeait aucun, sans
fracas, sans officieuse politesse, si souvent im-

portune et qui proclame la maîtresse de la
maison comme les révérences indiquent un
aubergiste. Le charme des manières de Caroline consiste principalement en ce qu'elle est
la seule qui paraisse l'ignorer.

» Elle me présenta au duc d'Orkney et à sa
fille, lady Anne Macpharland, spirituelle,
sensible, amusante Ecossaise : elle parle l'anglais avec un accent écossais très-prononcé,
qui rend quelquefois son langage inintelligible ;
mais l'expression de sa physionomie le fait de-
viner. Je suis porté à croire qu'elle pourrait
parler très-bon anglais si elle le voulait, mais
qu'elle veut indiquer, par ce moyen, son
amour pour son *cher pays,* comme elle l'appelle. Le duc est, dit-on, sur le point d'épouser, en secondes noces, lady Barton, qui dînait
aussi avec nous. La cour qu'ils se font mutuel-
lement est assez plaisante à observer ; on dirait
qu'ils sont honteux de leurs sentimens et de
leur mariage, et qu'ils s'efforcent de se persua-

der que c'est un hymen de convenance, comme
si, à leur âge, il pouvait en être autrement!
Je crois qu'ils seront heureux. Nous savons,
vous et moi, que lady Barton, malgré ses sin-
gularités, a de très-bonnes qualités, et assez
de constance pour l'*objet* qu'elle poursuit. Le
duc paraît avoir une bonne tête et de la pénétration : je ne conçois pas trop qu'ayant une
fille aussi aimable, et qui, dit-on, se dévoue
à lui, et ne veut pas se marier, il y ait pensé
lui-même. C'est une des inconséquences inexplicables de l'esprit humain que l'amour seul
pourrait expliquer; et ici il n'y en a point certainement, mais une espèce d'entraînement
d'esprit et de conversation : tous deux auraient
été plus sensés de continuer à causer ensemble
en conservant leur indépendance. M. Percy
m'a amusé en me racontant la surprise de
lady Barton quand le duc lui demanda sa
main, et la consternation d'une jeune miss
Morton qui a remplacé Caroline auprès d'elle,

et qui se croyait l'objet des assiduités du vieux duc.

» Plus je vois ce M. Percy, et plus il me plaît et m'attache ; c'est certainement l'homme le plus aimable que j'aie encore rencontré ; mais cependant, ma Julia, j'éprouve à son sujet une vive inquiétude. Son admiration pour Caroline me frappa le premier moment où je les vis ensemble ; je suis actuellement convaincu que c'est bien plus qu'une simple admiration ; et, quand, après une si courte connaissance, je suis forcé moi-même de rendre témoignage à toutes les qualités dont il est doué, ne puis-je pas craindre que Caroline n'y soit pas toujours insensible ? Je ne pus m'empêcher hier de faire attention à sa douce rougeur, et au plaisir qui brillait dans ses yeux quand il la complimenta sur la manière supérieure dont elle pinçait de la harpe ; tout le monde lui fit le même compliment sans exciter en elle la moindre émotion de plaisir ; même

de vanité. Le genre des éloges de M. Percy
me déplut aussi; il semblait sentir plus qu'il
n'exprimait, et faire allusion à quelque ancienne circonstance préalable : c'était comme
un des anneaux d'une longue chaîne.

» Vous voulez sourire, j'en suis sûr, de ma
pénétration peut-être imaginaire; mais l'intérêt que m'inspire Caroline, quoique d'une
nature différente de celui que j'éprouvais, est
encore assez vif pour m'éclairer : d'un autre
côté, j'ai toujours pensé qu'un étranger, admis
soudainement sur une des scènes du monde,
sera un bien plus sûr observateur que ceux
dont la perception est obscurcie par le temps et
l'habitude : peut être aussi mes yeux ont-ils été
ouverts par une circonstance qui eut lieu hier
matin. M. Percy me conduisit à Sommerset-
House, pour voir un portrait de lady Egglestone en pied, qui était à l'exposition; étant
obligé de remplir un autre engagement, il me
laissa à la porte, et j'entrai pour l'examiner

seul. Elle est peinte dans le costume de Marie,
reine d'Ecosse; et certainement je n'ai rien
vu dans ma vie d'aussi beau, soit pour le modèle, soit pour la peinture. Pendant que je
l'examinais à quelque distance pour mieux
juger de l'effet, ainsi que plusieurs autres cu-
rieux ou amateurs, une dame et un monsieur
s'approchèrent aussi, et, après quelques observations sur la peinture, la dame dit d'un
ton très-mordant : « C'est grand dommage
que M. Orlando Percy ne soit pas à côté sous
le costume de Darnley (1); il lui siérait à mer-
veille ! — Oui, répondit celui avec qui elle
était, cela irait très-bien; les deux portraits
seraient d'après nature, pour les sentimens
et pour la liaison, comme pour le costume. »

» Je me sentis rougir d'indignation, et je me
détournai brusquement; j'en suis fâché à-présent. J'interrompis toutes leurs remarques :

(1) Darnley était l'amant de la reine Marie.

celui qui venait de parler, rencontra mes yeux, ouvrit les siens comme deux étoiles, siffla un *chut* en avançant la bouche, et, touchant le coude de sa compagne, il lui dit quelque chose, en me comparant au vicaire de Wakefield. Elle affecta d'étouffer un éclat de rire; et prenant son bras, ils se promenèrent dans le salon. Je demandai leurs noms à quelqu'un près de moi; on me dit que c'était madame Cleverly et lord James Warenden : je ne les revis plus; mais ce que j'avais entendu me donna beaucoup à penser. Et cependant, Julia, pourriez-vous croire que lord Egglestone, qui devrait être le guide et le protecteur de sa jeune femme, et la préserver du danger, semble solliciter pour elle les attentions de M. Percy? Hier au soir la conversation tourna sur un beau déjeûner qu'on donne à Richmond après-demain, en l'honneur du jour de naissance de la princesse Elisabeth, et le duc d'Orkney demanda à Caroline si elle

en serait; elle hésita, et semblait inclinée à répondre négativement; mais le comte l'interrompit en disant : Certainement, lady Egglestone, vous y serez; la plus haute noblesse est
invitée; et pour une telle occasion, vous ne
pouvez y manquer. Elle jeta sur lui un regard
auquel aucun homme n'aurait résisté, et le
pria de l'accompagner. Il le refusa positive-
ment, en alléguant des affaires indispensables,
et se tournant vers M. Percy, il lui dit de le
remplacer, et lui remit le soin de sa femme.
Pauvre Caroline ! elle rougit jusqu'au blanc
des yeux. M. Percy ne fit aucune réponse;
il jeta sur elle un regard ardent comme
pour demander son consentement. Elle garda
aussi le silence; mais ses yeux parlaient pour
elle, lorsque le duc d'Orkney s'approcha, et
s'offrit pour chaperon de la comtesse; mais
M. Percy s'élança près de Caroline, et prenant
sa main dans une des siennes, tandis que de
l'autre il écartait doucement le duc : « Laissez,

III. 3

laissez! dit-il en plaisantant à demi, mais avec
énergie, puisque milord Egglestone m'a dési-
gné pour cette place, aucune puissance sur la
terre ne pourra me l'ôter. » On rit, mais personne ne rit aussi haut que le comte et lady
Anne Macpharland; les éloges que fit cette
dernière de la galanterie du preux chevalier
(c'est ainsi qu'ils appelaient Orlando), me parurent moins sincères que ceux du comte.

» Caroline, d'une voix basse et tremblante,
dit quelques mots sur ce que son consentement était nécessaire au traité; mais je crois
que M. Percy finit par l'obtenir, car j'entendis
dire que tout le monde s'y trouverait. Oh! plût
à Dieu que je pusse amener Caroline au presbytère! votre solide raison, vos principes si
fermes et si vertueux pourraient, j'en suis sûr,
chère Julia, servir d'antidote au subtil poison
qu'elle respire. Combien je suis heureux de
voir arriver le moment où je me retrouverai
près de vous dans notre tranquille séjour!

Que le bail se passe ou non, je pars demain, et mon exil touche à sa fin ; mais je dois vous prévenir que si vous consentez que je sois votre heureux époux, je ne vous *résignerai à personne,* et que vous n'aurez aucun autre *ami* que moi ; je ne veux partager votre amitié avec aucun autre homme, à peine même avec une femme. Etes-vous en colère de cette exigeance? Oui, Julia, soyez fâchée, car vous savez que les petites querelles renouvellent l'amour. Enfin, ce qu'il y a de sûr, et ce qui m'enchante, c'est que nous nous retrouverons mercredi pour ne plus nous séparer, pour être unis à jamais. Adieu, ma Julia. »

CHAPITRE XX.

LE soleil brillait d'une splendeur éblouis-
sante le jour de la fête de Richmond ; les personnes qui devaient accompagner lady Egglestone s'étaient donné rendez-vous chez elle
à Grosvenor Square ; le duc d'Orkney menait
lady Barton dans son phaéton, ce qui fut regardé comme l'annonce publique de leur prochain mariage.

Orlando conduisait lady Egglestone dans
son carricle, et, par un singulier hasard, ses
grooms et ses jokeis portaient, ce jour-là,
pour la première fois, la nouvelle livrée qui
avait été commandée pour son mariage avec
miss Ogilvie. Miss Morton m'accompagnait
dans ma voiture. La pauvre fille, voyant que
son espoir de devenir duchesse, et ma belle-
mère, était évanoui pour toujours, s'était sa-

gement résignée à conserver le rang d'humble compagne, et, pour cacher sa mortification, elle professait un redoublement d'amitié pour moi, et de reconnaissance exagérée pour lady Barton.

Quand le cortége eut dépassé la route royale, il rencontra la foule d'équipages qui se hâtait d'arriver aussi à Richmond; mais nous ne gardâmes pas long-temps le chemin battu : lorsque nous eûmes passé le pont de Pultney, en traversant la plaine de Wimbleton et le charmant village ombragé de Rochampton, nous entrâmes dans les tranquilles clairières du parc de Richmond. La fraîcheur de l'air, la beauté du paysage, le chant des oiseaux, les rayons du soleil perçant au travers du feuillage, présentaient un tableau vraiment enchanteur; il n'était pas même nécessaire de se rappeler le contraste de la poussière et du bruit de Londres avec une scène aussi tranquille, pour ajouter au délice que nous éprouvions tous. Caroline, en particulier, jouissait avec sa vivacité naturelle de sentiment, et son goût inné pour les beautés de la campagne ; jamais peut-être un cœur aussi sensible que le sien n'avait battu avec plus de plaisir et d'innocence.

Nous arrivâmes à la maison du seigneur qui donnait la fête, et, renvoyant nos équipages, nous décidâmes que nous reviendrions par eau. Rien ne manquait à ce déjeûner pour le plaisir et le bonheur du moment. Un nombre d'enfans charmans étaient placés en groupe avec des corbeilles de fleurs, et présentaient un bouquet à chaque femme à son arrivée ; un bateau contenant un orchestre militaire était amarré au rivage, au bord de la prairie, et le son des instrumens à vent, si délicieux en plein air, ajoutait au plaisir de ce beau jour celui des accords de l'harmonie. Des tentes de formes variées, dont quelques-unes étaient remplies de rafraîchissemens, s'élevaient au-

tour du lieu de la scène : la compagnie elle-
même ajoutait à l'animation du spectacle; des
groupes dansaient sur le gazon au son joyeux
des flageolets et du tambourin; d'autres se
promenaient sur les terrasses qui dominent
le paysage enchanteur de Richmond; le coup-
d'œil de l'ensemble était ravissant, et chaque
individu semblait contribuer pour sa part à la
joie générale.

Comme à l'ordinaire, lorsque Caroline parut elle attira l'attention universelle, et tous
ceux qui pouvaient réclamer quelque droit à
sa reconnaissance s'avancèrent à sa rencontre,
spécialement les hommes, qui semblaient
avoir épié le moment de son arrivée. En partie pour échapper à leur importune politesse,
et cédant aussi à son goût pour la danse, elle
proposa de former quelques quadrilles, ce
qui fut immédiatement exécuté; elle accepta
Orlando pour son partner, et s'arrangea avec
deux dames de son rang et de son âge. Il leur

manquait un couple , quand elle aperçut miss
Morton et lord Warenden qui s'avançaient,
et demandèrent de compléter ce quadrille.
Objecter quelque chose à leur admission aurait été impoli, et même ridicule, quoique la
satisfaction de Caroline fût certainement di-
minuée, surtout quand, par l'arrangement
de la contredanse, lord James se trouva placé
de manière à figurer avec elle. Mais cette
peine légère s'effaça bientôt, en s'apercevant
d'un changement marqué dans ses manières;
sa politesse avec elle était si parfaitement en
mesure, qu'elle paraissait également libre de
ressentiment ou de galanterie, et avec Percy
il était aussi tout-à-fait naturel, et même amical. La part qu'il avait à l'enlèvement de miss
Létitia Minden n'était pas généralement connue, et Caroline l'ignorait; ainsi aucune cause
apparente ne pouvait plus justifier la répugnance qu'elle lui avait d'abord témoignée.
C'était un tourment pour son bon cœur, de

haïr ou de mépriser; d'après cela, sa froide réserve cessa par degrés, et avant que le quadrille fût fini, toute sa vivacité, toute sa gaîté étaient revenues.

Quand la danse eut cessé, les couples se dispersèrent pour se reposer sous les ombrages des arbres du parc, où l'on avait placé des siéges. Caroline et Orlando en occupèrent deux très-rapprochés l'un de l'autre. Je les voyais oublier insensiblement tout ce qui les entourait. Orlando s'enivrait du bonheur de regarder Caroline, d'être assis près d'elle; les yeux baissés de lady Egglestone, la palpitation de son sein, disaient trop qu'elle sentait aussi ce qu'elle inspirait. Je m'approchai d'eux, et je priai mon cousin de m'accompagner dans une autre partie du parc où se trouvaient quelques dames que je desirais voir. Avec son amitié et sa complaisance ordinaires, mais bien à regret sans doute, il se leva et me donna son bras; nous laissâmes lady Egglestone, qui promit d'attendre là notre retour ; mais nous étions à peine hors de sa vue, qu'elle se repentit de ne nous avoir pas suivis, en voyant lord James s'avancer vers elle, et avant qu'elle pût trouver une excuse plausible pour l'éviter ; il occupait le siége qu'Orlando venait de quitter.

« Je ne me suis pas aventuré de vous approcher, lui dit-il, pendant qu'un mortel plus favorisé était près de vous ; mais quoique je cède en apparence, n'imaginez pas que ce soit sans regret et sans envie. »

— Je ne vous entends pas, milord, répondit Caroline avec froideur, quoique sa rougeur démentît cette assertion, et que l'emphase avec laquelle lord James parlait fût un suffisant commentaire de ses paroles.

—Eh bien donc, dit-il avec vivacité, chère milady Egglestone, je vais me faire entendre. J'ai senti pour vous tout ce que l'admiration la plus vive et l'amour le plus ardent.... Sur

ma foi, vous m'écouterez, ajouta-t-il voyant
qu'elle cherchait à se lever, et la retenant
presque par force : « Je parle seulement du
passé ; je ne prétends point vous offenser encore par l'aveu d'un sentiment que vous avez
rejeté ; j'ai trop d'expérience, et j'y étais trop
intéressé, pour n'avoir pas compris très-bien
comment les choses vont, et pourquoi mes
vœux ont été repoussés ; mais puisque vous
n'avez pas voulu de moi pour amant (je vous
répète que je me soumets à cette décision),
acceptez-moi du moins comme ami ». Et ceci
se disait avec cette même voix insinuante qui
avait trompé madame Minden.

Caroline ne savait que répondre, et resta
quelque temps en silence ; mais elle reprit son
calme accoutumé, et, avec une nuance plus
marquée de dignité, elle répliqua : « Ce que
vous me dites, milord, me paraît si singulier, que je pense que j'ai mal entendu ; votre
politesse sans doute vous entraîne à me faire

des complimens avec votre galanterie accoutumée, sans vous rappeler qu'ils ne doivent
pas être adressés à une femme mariée, et qu'elle
ne doit ni les recevoir ni les écouter ; mais je
veux croire que c'est une inadvertance involontaire, un moment d'oubli, et....

—Vous me pardonnez, et nous sommes
amis ! s'écria-t-il en saisissant sa main et la
posant sur ses lèvres ; mille et mille graces
vous soient rendues ! c'est tout ce que je demandais de vous ; je suis donc votre ami?

—Tous les amis de lord Egglestone sont
aussi les miens, dit Caroline en se levant.

—J'accepte votre amitié sous toutes les
conditions, répliqua lord James se levant
aussi ; actuellement je vous promets que vous
réglerez mes manières, mes actions, mes paroles par un seul regard. Vous voulez vous
promener, laissez-moi vous offrir mon bras ;
est-ce trop? c'est un droit de l'amitié ; alors
ne soyez pas si grave avec votre ami ; sur mon

honneur, je veux me réformer entièrement :
je serai aussi sage, aussi sensé que vous pouvez le desirer : vous ne pouvez aller seule, et
il n'est pas là; prenez mon bras, je vous en
conjure! »

Il y aurait eu de l'affectation à le refuser, et
Caroline, plus qu'aucune autre femme, connaissait l'exacte mesure entre la modestie et
la pruderie; elle comprenait ses soupçons, et
craignait de les confirmer, en ayant l'air d'attendre un autre bras; elle s'appuya donc légèrement sur lui; ils se promenèrent ainsi.
Caroline, pour changer le sujet de la conversation, parlait avec son aisance ordinaire de
ce qui se présentait.

Pendant ce temps, Orlando, s'étant enfin
débarrassé de sa *méchante cousine*, s'était
hâté de revenir à son siége; il n'était plus qu'à
quelques pas de lady Egglestone au moment
où lord James baisa sa main avec un transport
de reconnaissance; il n'était pas assez près

pour entendre ce qu'il disait; mais l'air heureux et content du lord le frappa. Sa surprise
égala son indignation; il s'arrêta involontairement, quand il vit Caroline quitter la place
où elle avait promis de l'attendre, et s'appuyer
sur lord James; quand il vit que, sans le
moindre embarras, elle écoutait ce qu'il lui
disait, il en conclut qu'elle encourageait ses
hommages, et se détournant subitement, il
s'éloigna avec le sentiment de la plus poi-
gnante jalousie. Il continua cependant à suivre des yeux celle qu'il fuyait; il vit lord James
la conduire vers un groupe de dames qui l'en-
tourèrent; mais il n'imagina pas moins que
son heureux rival était encore à ses côtés. Le
cercle s'ouvrit bientôt : lord James, en effet,
conduisait encore Caroline, et l'on s'occupait
à former une danse où sans doute il serait son
partner. La rage de Percy ne connaissait plus
de bornes; toutes les insidieuses suggestions
de lady Margaret revinrent dans sa mémoire,

et, dans le trouble d'un sentiment blessé, il reprochait intérieurement à Caroline de lui avoir témoigné quelque intérêt par coquetterie, ou peut-être (bien plus odieuse pensée) pour ranimer les attentions de lord James. Au premier moment, il voulut retourner à Londres immédiatement et ne plus la revoir, mais l'instant d'après il résolut de rester, exprès pour lui montrer qu'il supportait son inconstance avec indifférence et mépris. Il aperçut à quelques pas miss Intermac seule; il alla s'offrir pour son partner. Elle accepta, et ils dansèrent ensemble le quadrille qui touchait à celui de lady Egglestone, qui se trouvait heureuse de n'avoir plus à parler à lord James, et de danser plutôt que de l'écouter.

Orlando était si beau, dansait si bien, était tellement à la mode, que miss Intermac recevait, avec une évidente satisfaction, les assiduités qu'il lui prodiguait par ressentiment contre Caroline. Lord James et la comtesse

les observaient, elle en silence, et lui avec un
sourire malin et quelques remarques satiri-
ques dans les intervalles de la danse. Elles
eurent d'abord peu d'effet sur Caroline; elle
chercha à se persuader que Percy avait entendu quelques observations semblables à
celles que lord Warenden lui avait faites à
elle-même, et que ce changement de manière
et cette cour subite à miss Intermac avaient
pour but de détourner les observateurs. Elle
lui en sut gré; cette idée lui rendit tout son
bonheur, toute sa gaîté, qui blessèrent encore
plus le jaloux Orlando. Elle tournait involontairement les yeux sur lui; il ne voyait
dans son regard, dans son sourire, que le
projet de l'insulter et de le braver. Il lui rendit un de ses regards avec une expression de
hauteur et de mépris qui l'étonna, et confon-
dit toutes ses pensées; elle comprit alors qu'il
était dans l'erreur au sujet de lord James, et
fâché contre elle. Que n'aurait-elle pas donné

pour le détromper! Il lui semblait qu'il devait lire dans ses yeux, qui étaient toujours le
miroir de son âme; mais elle ne rencontra
plus les siens : il paraissait entièrement dévoué à miss Intermac.

Surprise et blessée de sa conduite, et de la
manière dont il la jugeait, sa gaîté s'évanouit
par degrés; elle se retira du groupe des danseurs dès que le quadrille fut fini, et resta
debout près de quelques femmes. Peut-être
avait-elle, sans se l'avouer, un léger espoir
qu'elle donnait à Percy une occasion de s'approcher d'elle, et de lui expliquer, fût-ce
même par des reproches, son changement de
manière. Comme elle, il restait debout à une
assez petite distance; une fois il tourna ses
regards vers la place où elle était ; il vit très-
bien qu'elle n'était pas engagée; lord James, à
qui elle ne répondait plus, s'était éloigné; mais
le regard d'Orlando ne servit qu'à marquer
plus encore son intention positive de ne pas

III.   4

l'aborder. Il s'était cependant rapproché de quelques pas, mais n'avançait point, lorsqu'un homme de sa connaissance s'arrêta près de lui, et le salua en lui exprimant sa surprise de le trouver là : « Je vous croyais, lui dit-il, au pays de Galles en plein bonheur conjugal, et je vous retrouve encore célibataire! Quand pourrai-je donc vous féliciter? —Actuellement !... Oui!... félicitez-moi actuellement d'être encore libre! dit Percy avec un sourire amer; je suis heureux de n'avoir rien à démêler avec les femmes.

—Vous me surprenez, répliqua son ami; je vous ai toujours regardé comme un des sectateurs les plus dévoués de l'amour et du beau sexe.

—Peut-être naguère en était il ainsi! répondit Orlando; mais je suis devenu sage; j'ai pour toujours renoncé à l'amour; car, s'il faut vous avouer la vérité, je ne pense pas

qu'il y ait au monde une femme digne des regards d'un homme sensible.

— Vous dites vrai ! vous avez raison, Percy !
s'écria l'autre ; elles sont toutes fausses, pru-
des ou coquettes ; elles se rient de la sincérité
en amour et en amitié. Un homme sage peut
être dupé une fois par elles ; mais c'est un fou
s'il y retourne. Percy rit aux éclats de cette
observation, chanta une barcarole vénitienne :

Siete donne, e tanto basta
Esser finte in amor ;
Sonno tutte d'una pasta,
Sonno tutte d'un amor.

Il salua son ami, et retourna près de miss
Intermac.

Caroline n'avait pas perdu un mot de cette
conversation, et les réflexions qu'elle excita
chez elle furent très-pénibles ; dans l'agitation
où elle était, elle ne pouvait démêler si elle
venait de découvrir les sentimens réels d'Or-

lando sur les femmes en général, ou si l'opinion qu'il manifestait la regardait seule ; mais
ces deux suppositions lui faisaient éprouver
une profonde tristesse. Bon Dieu ! pensait-
elle, serait-il possible que j'eusse été trompée
à ce point sur les sentimens de M. Percy ?
Combien alors toute sa conduite montre
d'hypocrisie et de fausseté ! Il est vrai qu'il
n'a jamais dit qu'il eût de l'amour pour moi...
Mais où vais-je m'égarer?... Est-ce à la femme
de lord Egglestone à penser même à la possibilité qu'un autre homme puisse l'aimer,
sans frémir à cette pensée? n'ai-je pas regardé un tel aveu comme suffisant pour éloigner de moi lord James Warenden? n'étais-je
pas décidée d'éviter sir Henri Commyns, parce
que ses manières, ses discours expriment un
sentiment qui blesse mon devoir? Et Orlando Percy.... quelle est la différence? aucune,
excepté qu'avec lui seul il existe un danger

pour mon faible cœur. Dieu tout-puissant! sauvez-moi de moi-même !

Telles étaient ses réflexions dans le rapide cours de ses pensées; elle eut la force de regarder comme un secours du Dieu qu'elle implorait, le caprice d'Orlando, et se promit de ne rien tenter pour le ramener. Plus forte après cette résolution, elle retourna parmi les danseurs, et sembla ne plus chercher que la distraction.

Mais actuellement, par un de ces momens inexplicables d'un amour passionné, Orlando desirait ardemment cette explication qu'il avait rejetée il n'y avait que quelques instans. A peine avait-il donné l'essor à l'aigreur, que les torts supposés de Caroline lui avaient suggérée, qu'il s'en repentit amèrement. Il avait remarqué son trouble pendant qu'il parlait à cet ami; il avait aussi observé que sa gaîté avait insensiblement fait place à une préoccupation assez marquée, et un flatteur espoir lui insinuait que l'altération de sa manière d'être en était la cause. Lord James l'avait quittée d'abord après la danse. Un homme préféré, encouragé par Caroline, pourrait-il un instant s'éloigner d'elle? Peut-être l'a-t il jugée avec trop de précipitation! peut-être lui seul a tort! A tout événement, ne pouvant plus supporter la torture de vaciller ainsi entre l'espoir et la crainte, préférant même la certitude de son malheur à cette espèce d'agonie, il se détermina à avoir une explication; mais il lui fut impossible de ressaisir l'occasion qu'il avait négligée. Il était évident que Caroline l'évitait à son tour. Elle était entourée par trop de gens pour qu'Orlando pût trouver le moyen d'approcher d'elle. Tous ses efforts étant inutiles, il tacha de se consoler par l'espoir de la voir chez elle le lendemain matin, de pouvoir lui parler avec plus de liberté, et sans craindre d'être interrompu.

Madame Intermac, qui l'avait vu avec plaisir faire une espèce de cour à sa fille, l'appela pour se joindre à leur partie, et s'approcher de la magnifique collation qui devait terminer la fête. Le prétendu mariage de miss Intermac avec un marquis ayant manqué, elle jetait les yeux sur le beau Percy pour le remplacer. Chacun se prépara ensuite pour revenir dans les bateaux qui couvraient la rivière, attendant qu'on les montât. La délicieuse tranquillité de la soirée rendait ce retour par eau très-agréable. Miss Intermac, s'appuyant sur le bras d'Orlando, proposa de descendre au bord de l'eau pour choisir un bateau. Percy regardait de tous côtés, cherchant à voir lady Egglestone, et, ne l'apercevant point, il pensa qu'il la retrouverait sans doute près de la rivière; il y conduisit miss Intermac et sa mère, dont il ne pouvait poliment se dégager; mais au moment où ils s'approchaient du rivage, un premier bateau,

rempli d'hommes et de femmes de la compagnie, passa rapidement. Percy distingua lady
Egglestone assise entre le duc d'Orkney et
lord James Warenden ; lady Barton, lady
Anne et plusieurs autres personnes y étaient
aussi. Caroline, desirant éviter également lord
James et Orlando, s'était mise sous la protection de mon père ; elle ne put empêcher le
premier de la suivre sur le bateau ; mais ce
n'était pas lui qu'elle redoutait, il était sans
danger pour elle ; toutes ses craintes, toutes
ses pensées n'avaient que Percy pour objet.
Il en était de même de lui. Arrivé sur la rive,
il suivait tristement des yeux le bateau qui
emmenait Caroline ; comme s'il eût été fier
de sa charge, il glissait légèrement ; les flam-
mes du pavillon étaient doucement agitées.
La barque suivante était celle des musiciens,
qui semblaient être engagés à la suite de la
belle comtesse d'Egglestone.

Hâtons nous de les rejoindre aussi, dit miss

Intermac, nous jouirons de la musique. Orlando, qui brûlait d'être près de Caroline autant du moins qu'il était possible, accepta la
proposition de madame Intermac de les accompagner, et se pressa de choisir un bateau ;
mais assez de temps s'écoula avant qu'il pût
engager les bateliers à partir sans attendre
d'autres passagers, et le bateau de lady Egglestone était hors de leur vue avant que mesdames Intermac et leur société fussent em-
barquées.

En vain Orlando, sous le prétexte d'une
folie de jeune homme, offrit aux bateliers
une forte récompense pour les engager à rat-
traper le premier bateau ; en vain ajouta-t-il
ses propres forces aux leurs en ramant lui-
même, et persuadant à tous les hommes de
leur partie d'ôter leurs habits et d'en faire autant ; il tâchait au moins par-là de satisfaire
son impatience et de s'en distraire.

Ils parvinrent à revoir la p.t't.e barque rivale, mais rien de plus; elle garda la même distance. Quelquefois un détour de la rivière laissait apercevoir son pavillon flottant au travers des arbres, comme s'il suivait les sinuosités de la rivière, et quelquefois les sons éloignés des instrumens, portés par les vents, parvenaient jusqu'au bateau d'Orlando, et renouvelaient son espoir et ses efforts. Une fois ils virent le bateau voguer plus doucement, et les sons de la musique, adoucis par la distance, étaient entendus plus distinctement.

A-présent, s'écria Orlando, à-présent nous pouvons les joindre, et voilà votre récompense, dit-il aux matelots en leur montrant quelques guinées. Desireux d'obtenir à-la-fois et de l'or et des louanges, ils déployèrent toutes leurs forces, et déjà ils étaient arrivés à la portée de la voix; ils allaient *héler* l'autre bâtiment, qui, s'apercevant de leur intention, et ne voulant pas être devancé, redou-

bla aussi d'activité, et s'éloigna rapidement.
Cependant le courant de la rivière, plus rapide sous le pont de Pultney, se ralentissait
au-delà, ce qui donna au bateau d'Orlando
le moyen de se rapprocher encore une fois de
celui qu'il suivait, et qui venait à peine de
passer sous les arcades. Il se flatta d'avoir
bientôt atteint son but, en apercevant que le
petit esquif était arrêté par une barque qui
l'avait accroché en remontant la rivière. Il
était alors assez près pour entendre les juremens des matelots de la barque et du bateau,
et leurs invectives mutuelles ; il entendit les
menaces succéder aux juremens ; la querelle
devenait de moment en moment plus vive et
plus bruyante ; ils se menaçaient réciproque-
ment ; il vit les dames se lever avec effroi, et
les cavaliers s'efforcer d'apaiser les bateliers ;
il distinguait parfaitement Caroline. Soit pour
éviter d'être au milieu de la bagarre, soit peut-
être pour tâcher de distinguer aussi un des *ra-*

meurs de l'autre bateau, elle s'avança vers la prouc du petit bâtiment, qui, dans cet instant, en se détachant de la barque, reçut une forte secousse. Le bruit d'un corps tombant dans l'eau se fit entendre; un cri général et terrible lui succéda; Caroline n'était plus visible, et le nom de lady Egglestone perçait les airs. Orlando s'était déjà élancé dans la rivière; le courant et ses efforts l'entraînaient rapidement, ainsi que l'objet infortuné qu'il poursuivait. D'abord il ne vit aucune trace d'elle; enfin il aperçut sa robe blanche soulevée par le fil de l'eau; il nagea de ce côté avec des forces surnaturelles, parvint à saisir cette mousseline, et bientôt Caroline inanimée fut dans ses bras. Pendant un moment, accablé par son émotion, il se contenta de soutenir sa tête au-dessus de l'eau, et se laissa entraîner avec elle, par le rapide courant, loin du bateau et de toute assistance.

Je n'essaierai pas de peindre l'état où nous

étions tous. Sûre que le sauveur de Caroline
ne pouvait être qu'Orlando, je crus les avoir
perdus tous deux, et mon père eut à craindre
de perdre aussi sa fille; mais mon courageux
cousin. retrouva à-la-fois sa présence d'esprit
et ses forces; il fit de nouveaux efforts pour
se tirer du courant; il y parvint enfin après
quelques difficultés, et posa sa belle charge
(toujours insensible) sur le rivage. A genoux
devant elle, il invoque le ciel et la terre, les
supplie de rendre la vie au trésor de son cœur.
Heureusement quelques laboureurs passèrent
près de là, et l'aidèrent à porter Caroline
dans la chaumière d'un jardinier peu distante
du rivage. Ils n'y trouvèrent qu'une vieille
femme, aux soins de laquelle lady Egglestone
fut remise, et qui, tout en tâchant de la ranimer. conjurait Orlando d'avoir soin de lui-
même, d'ôter ses vêtemens mouillés, pour
mettre ceux de son fils, qu'elle lui préparait;
mais il veut retourner près de Caroline; il ne

pense qu'à elle; à peine peut-il consentir à la
quitter un moment pendant que la bonne
femme la déshabille et l'enveloppe dans des
draps, des couvertures, et dans ses propres
habillemens. D'abord il veut envoyer des
messagers de tous côtés, puis il ne veut confier Caroline qu'à lui seul; il presse ses mains
glacées dans les siennes encore humides; il se
penche sur son visage couvert des ombres de
la mort, pour la réchauffer de son haleine,
et s'assurer qu'elle respire encore; mais la
bonne jardinière, plus calme parce qu'elle
est moins intéressée, continue ses remèdes,
qui ont enfin un heureux succès. Caroline
respire; elle entr'ouvre les yeux; elle essaie de
soulever sa tête, et la joie d'Orlando, à cette
résurrection, tient presque du délire; il la
serre dans ses bras et contre son cœur palpi-
tant; il imprime mille et mille baisers sur ses
joues pâles, sur ses bras, sur ses mains, et
prononce des phrases entrecoupées qui expri-

ment à-la-fois l'amour le plus ardent et la plus
vive reconnaissance à l'Être-Suprême, qui
lui rend cet objet adoré. Elle revient par degrés à la vie, mais toutes ses idées sont encore
trop confuses pour se défendre de ce qu'elle
éprouve ; son cœur est tout à l'amour, tout à
la reconnaissance ; à peine elle sent le retour
de son existence, mais elle sait qu'elle la doit
à celui qui a risqué sa propre vie pour sauver
la sienne. Dans ce moment de faiblesse et d'é-
motion, toute réserve, toute dissimulation
s'évanouissent; elle ne frémit pas de ce qu'elle
entend; elle ne repousse pas les bras qui l'en-
tourent ; ses yeux, à peine entr'ouverts, se
tournent tendrement sur lui, et les premiers
mots qu'elle prononce à peine, confirment
l'amour renfermé dans son regard.

—Que Dieu vous bénisse tous deux! s'é-
crie la vieille femme, qui est encore à genoux
devant Caroline et lui frotte les pieds; vous
êtes le plus beau et le plus tendre couple

que j'aie vu de ma vie : il n'y a point d'a-
mour perdu entre vous deux : qui aime bien
est bien aimé. Mais, ma chère dame, deman-
dez à votre mari d'ôter ses habits mouillés;
une parole de vous aura plus d'effet que toutes
les miennes. Ah ! voici le docteur que j'ai fait
demander; il vous soignera tous deux.

A ce moment la porte s'ouvrit, et l'apothicaire du village voisin entra. Voyant Caroline
si jeune et sans autre suite que Percy, il se
forma une fausse idée de leur état et de leur
caractère, et, prenant un air de dignité, il
joignit les mains , regarda alternativement
Caroline et Orlando, et s'écria : « Bien !
bien ! qu'avez-vous donc tous deux? Je con-
clus de ces vêtemens mouillés que vous avez
pris un bain , et ce beau jeune homme était
aussi de la partie! Bien, monsieur! je suis
charmé qu'il n'y ait pas plus de mal. »

Percy, furieux de son entrée et de son ton,
se détourna avec une expression de physiono-

mie qui interrompit le flux de l'éloquence du docteur.

« Il faut prendre soin de la belle enfant, dit-il ensuite ; donnez-moi votre pouls, ma chère. Quoi! déjà un anneau de mariage! Monsieur, c'est donc votre femme? très-jolie, sur mon honneur! » — Et je me doute, dit en riant la vieille, qu'il n'y a pas long-temps qu'ils sont mariés; si tendres l'un pour l'autre! c'est peut-être leur mois de miel; et risquer ainsi d'être séparés par la mort! cela fait grande pitié. Tous ces propos dissipèrent la pâleur des joues de Caroline ; elle rougit profondément, et Percy, par délicatesse pour elle, n'était pas moins confus. Les petits yeux du docteur villageois allaient toujours de l'un à l'autre : « Oui, oui, disait-il, *mariés* depuis peu; enfin, ce ne sont pas mes affaires. Tout ce que j'ai à vous conseiller, monsieur, c'est d'emmener bien vite cette jeune dame, et de la mettre dans un lit bien chaud; j'ordonnerai quelques gouttes restaurantes que vous pourrez envoyer chercher... Mais, le ciel me bénisse ! qu'est-ce que je vois? un carrosse à quatre chevaux, une couronne de comte peinte sur la portière, deux laquais, superbe livrée, et tout cela s'arrête devant cette pauvre demeure! Il en sort une dame et un vieux gentilhomme.... C'est pour vous, madame, je suppose? que le ciel me bénisse! —Serait-ce un milord, monsieur? — Si c'est le père de madame votre épouse, dites-lui que c'est votre serviteur qui l'a soignée et guérie.

La porte s'ouvrit, et l'entrée du comte d'Egglestone et de lady Macpharland fit baisser le ton au docteur du village. Au moment où nous avions pu quitter le bateau, les paysans qui avaient porté Caroline dans la maison du jardinier nous l'indiquèrent. Nous nous hâtions d'y aller, quand nous rencontrâmes lord Egglestone qui faisait sa promenade journalière de ce côté. Je fis arrêter sa

voiture, et, m'y plaçant tremblante encore à
côté de lui, je lui racontai l'affreux malheur
dont nous avions été menacées. Il en frémit,
et, comme on le comprend, se hâta d'arriver
auprès de la comtesse. Pauvre Caroline !
quelles furent ses émotions en recevant les
félicitations de son mari, plus tendre qu'à
l'ordinaire ! Il semblait que le danger auquel
elle avait échappé comme par miracle, eût soudain réveillé chez lui le sentiment de ce qu'elle
valait, et chacune de ses paroles exprimait la
plus vive affection. Pauvre, pauvre Caroline !
le remords déchirant s'emparait de son âme !
Tremblante par la violence de son agitation,
elle posa la tête sur mon épaule, et fondit en
larmes.

Le comte était là le seul qui pût articuler
ses sentimens; il allait alternativement de Caroline à Orlando, et, laissant une fois de côté
sa solennité ordinaire, il semblait ne pas trouver de paroles assez fortes pour exprimer son

bonheur et sa reconnaissance. Percy tentait
de répondre quelques phrases entrecoupées,
mais les mots expiraient sur ses lèvres ; il continuait, en silence, de tordre et de presser
les longues et épaisses tresses de cheveux de
Caroline, qui étaient encore toutes mouillées.

Pendant ce temps, l'apothicaire, dont la
curiosité était vivement excitée, sortit, sans
être aperçu, pour la satisfaire, en adressant
quelques questions aux domestiques : il apprit d'eux le nom de leurs maîtres Effrayé
de la manière dont il s'était comporté avec
d'aussi grands seigneurs, pressé de réparer ce
tort, il ne se fit point expliquer lequel était
le comte d'Egglestone, et, rentrant promptement dans la petite chambre, il courut à Orlando, et, avec une expression accélérée, il
s'écria : « Milord ! excusez-moi ; milord comte !
je suis désespéré d'avoir manqué de respect
à votre seigneurie ; je n'avais pas la moindre
idée de votre rang ; j'ai bien dû voir cependant

que la beelle milady était votre femme ; il était impossibole de s'y tromper ; mais milord était sans habiit ; jamais je n'avais, jusqu'à ce jour, été assezz fortuné pour voir un comte en manches de chemise, et mouillées encore ! Si j'avais eu l'honneur de rencontrer votre seigneurie dans ses vêtemens, je suis bien sûr que j'aurrais été mieux avisé. »

Orlanddo écouta cette harangue en silence ; ni lui ni Caroline n'étaient en état de tirer le médecin de son erreur, et le comte d'Egglestone en riait avec mépris. Le docteur prit cela pour une approbation, et, se tournant de son côté, il poursuivit, le prenant encore pour le père de la jeune femme : « Votre fille, monsieur, a eu là un accident très-triste, en vérité, et qui eût pu être très-fâcheux sans mon assistance. Dites-moi, monsieur, où dois-je aller continuer mes soins et mes visites à madame votre fille ? Charmante jeune lady, et vous ressemblant parfaitement, monsieur, quel dommage qu'elle eût été noyée ! »

Je l'interrompis en m'adressant au comte, que je nommai, eu lui proposant de nous renvoyer sur-le-champ à Londres la comtesse ët moi; elle avait un tremblement général qui me faisait craindre qu'elle ne fût très--malade. Il fut arrêté que lord Egglestone resterait avec Percy, pendant que ce dernier changerait d'habit, et que je leur enverrais un équipage. Je fus charmée d'emmener la pauvre Caroline; je pensais qu'elle se remettrait plus tôt quand elle serait seule avec moi. Ce plan fut exécuté, et nous quittâmes la chaumière, non sans que chaque personne qui avait soigné la comtesse ne reçût une ample récompense du comte et de Percy. L'infortuné docteur reçut la sienne avec force révérences, mais n'osant-plus se hasarder d'ouvrir la bouche de peur de se tromper encore, et se promettant bien à l'avenir d'appeler *comte* et *comtesse* tous ceux qu'il ne connaîtrait pas, jusqu'à ce qu'il apprit à qui il aurait à faire.

CHAPITRE XXI.

Les jours suivans, les papiers du matin apprirent à toute la ville l'accident arrivé à lady Egglestone, avec des circonstances contradictoires : dans l'un, on désespérait de sa vie ; dans l'autre, elle était morte sur-le-champ ; celui-ci affirmait qu'elle était noyée ; celui-là, qu'elle avait été écrasée sous les roues de son carrosse ; enfin, dans un des journaux les plus accrédités était le paragraphe suivant :

« Nous avons le plaisir de pouvoir rassurer le public, en lui apprenant que la disparition de la belle des belles, des cercles qu'elle animait par sa présence, n'a été causée par aucun accident. Lady *** a cédé aux vœux du plus aimable et du plus aimé de ses adorateurs, qui a disparu en même temps. Cette beauté sans pareille et le modèle des jeunes élégans du jour, s'aimaient depuis long-

temps en secret ; le lendemain de la fête de
Richmont, on les a vus dans une chaise de
poste sur la route de Douvres, allant ensemble sur le continent pour s'adorer en liberté. »

Le jour où cette exécrable fausseté fut im-
primée, madame Cleverly était à son déjeûner dans le plus délicieux des boudoirs ; le jour
n'y pénétrait qu'à demi, à travers des persiennes de mousseline rosée, qui répétaient
leur douce teinte sur le charmant visage d'A-
deline ; des vases de fleurs embaumaient l'air ;
des oiseaux, placés dans des volières, chan-
taient avec le plus doux ramage ; la déesse de
ce temple de volupté, dans un séduisant négligé du matin, sous une apparente simplicité, déployait avec un art infini tous les
charmes de sa figure ; dans une de ses mains,
posée avec grâce sur le bras de sa chaise longue, était la feuille du *Morning-Post* qui
renfermait l'article rédigé contre lady Egglestone ; l'autre guidait sur ses lèvres une tasse

du plus délicieux moka. Lorsque lord James Warenden entra sans se faire annoncer, elle changea à peine d'attitude; d'un léger signe de sa belle main, elle lui montra un siége à l'autre bout de la table, et lui dit d'une voix presque éteinte : « Par quel miracle, milord, ai-je l'honneur de vous voir aussi matin? »

— Je viens prendre ma part de ce délicieux breuvage, dit-il en se versant lui-même une tasse de café; on n'en trouve de tel que chez vous : j'avais, d'ailleurs, à vous parler, ajouta-t-il quand le laquais fut sorti.

— Eh bien! parlez vite, dit Adeline avec le même son de voix; j'attends mon éternel Argus, lady Commyns, ce matin; et si elle me trouve tête-à-tête avec vous, que deviendrai-je?

— C'est pour recevoir lady Commyns que vous prenez tant de soins? dit le lord avec un sourire incrédule. Ces persiennes couleur de rose, ce demi-jour voluptueux, ces vases de

fleurs qui répandent leur parfum, cette élé-
gante draperie et ces cheveux relevés avec tant
de peine et de négligence ; ah ! ma petite sainte
Adeline, pardon si je soupçonne que c'est le
beau jeune baronnet que vous attendiez plutôt que sa mère ! je reste à mon poste pour
vérifier le fait.

—Je desirerais fort que ce fût le baronnet
plutôt que sa mère ; il est beaucoup plus aimable, dit Adeline avec un ton de naïveté ;
mais s'il ne vient pas aujourd'hui, ce sera
un autre jour : *ce qui est différé n'est pas
perdu*.

—Quelquefois ! dit lord James ; qui sait si
Henri Commyns ne s'est pas coupé la gorge ou
cassé la tête en apprenant l'accident de lady
Egglestone ? vous savez sans doute qu'il en est
éperdu ?

—Lady Egglestone ! répéta Adeline avec
fureur ; mais se remettant subitement, et reprenant sa douce voix : « A propos, dit-elle,

avez-vous vu les papiers ce matin? Regardez
cet article.

—Je l'ai lu, dit lord James en le repoussant, et je suis venu vous demander quel
transport vous possède, méchant petit dé-
mon, pour avoir fait mettre un tel article
dans les papiers-nouvelles?

—Moi! répondit-elle en avançant la tête
et ouvrant des yeux étonnés.

— Oui, *vous,* répéta lord James en ouvrant
aussi de grands yeux, et avançant aussi la
tête, si bien que leurs deux visages étaient
près de se toucher.

Il y avait quelque chose de si comique dans
sa manière et dans son attitude, qu'Adeline
perdit tout son empire accoutumé sur elle-
même, et qu'après un moment de vains efforts
pour garder son air étonné et sérieux, elle
partit d'un violent éclat de rire, pendant que
lord James, par des gestes expressifs, témoignait son mécontentement. —Quand je vous

ai parlé de l'attachement de Percy pour lady
Egglestone, continua-t-il après un moment
de silence, c'était pour faire de concert tout
ce qui nous serait possible pour les séparer, et
non pour les réunir, comme vous venez de le
faire.

— Bon Dieu ! lord James, quelle mine pour
rien ! Je suis sûre que lady Egglestone elle-
même sera plus flattée que courroucée de cet
article. N'avez-vous pas vu qu'on la nomme
la *belle des belles*, la *beauté sans pareille?*
On peut tout dire d'une femme, après cela,
sans qu'elle se fâche !

— Vous vous trompez, Adeline ; quoique
lady Egglestone m'ait repoussé sans pitié,
quoique je sois convaincu qu'elle aime Percy
beaucoup plus que vous ne l'avez jamais aimé,
je n'en pense pas moins qu'elle est innocente
et vertueuse autant qu'il est possible, et que
si elle voit ce paragraphe, elle en sera vraiment affligée.

—Je n'en ai aucun doute, dit l'abominable Adeline avec ironie, sur sa céleste vertu ; il est très-certain qu'une jeune innocente de dix-huit ans, élevée par lady Barton, mariée à un comte qui en a soixante, et qui n'est pas même jaloux, doit être la sagesse même ; moi, je crois toujours à ce qui ne s'est jamais vu. Mais, dans son zèle, votre seigneurie oublie notre ligue *offensive* et *défensive*.

—Pas du tout ! je me rappelle parfaitement votre anxiété désintéressée pour réclamer la préférence de l'*innamorato* Orlando.

—Lord James, il est ridicule de perdre notre temps en récriminations. Consentez-vous à céder en toute humilité la belle comtesse à votre heureux rival, ou persistez-vous à suivre la route que nous nous étions tracée ? Décidez-vous.

—Je ne verrais certainement pas volontiers que Percy réussît là où j'ai échoué.

—Non ? eh bien ! fiez-vous à moi. La plus

sûre manière de les séparer est de répandre des rapports peu favorables sur la réputation de lady Egglestone. Orlando a des idées si chimériques sur la vertu des femmes, que s'il était amoureux d'un ange, et si vous pouviez le convaincre que cet ange a un caractère le moins du monde équivoque, son attachement serait bientôt détruit. (Ici un soupir involontaire et profond se fit entendre.)

—Mais, ma chère Adeline, n'est-il pas ridicule de mettre sur les gazettes un article dont Percy lui-même connaît si bien la fausseté?

—Pour la politique des gouvernemens, vous êtes sans doute des Machiavel, mais vous n'entendez rien à la politique des cœurs, dit-elle vivement. De quelque manière que l'on fasse la première incision dans la réputation d'une femme, c'est indifférent ; pourvu qu'on parle d'elle et qu'il y ait une blessure, le poison y pénètre sûrement, et le mal suit de lui-même. Combien de femmes ont été perdues par une seule imprudence! et celle qui livre son cœur à un sentiment défendu, comme vous venez de le dire....

—Oui! mais caché avec soin, excepté aux yeux pénétrans de la jalousie et de l'envie.

— Mais l'ai-je nommée? je n'ai pas même mis les lettres initiales de son nom, comme c'est l'usage.

— Non, non, sur ma fo', il ne peut y avoir d'erreur; un enfant les reconnaîtrait tous les deux.

—Eh bien, tant mieux! Si lady Egglestone effrayée s'éloigne d'Orlando, notre affaire est faite; je me charge de le convaincre que c'est par coquetterie ou par caprice; chargez-vous du soin de consoler la belle dame; et si, malgré l'éveil que je lui donne ici, cette chaste Diane continue à recevoir son Endymion, et finalement à récompenser son ardeur, cette passion s'évanouira bientôt avec la perfection

de la déesse, et son amant nous sera rendu.
Ah! j'espère vivre assez pour la voir, à son
tour, dégradée, méprisée, abandonnée.

Ses yeux noirs lançaient des éclairs ; l'affreux sourire de la haine satisfaite errait sur
ses lèvres, qui, l'instant auparavant, ne semblaient formées que pour l'amour et le plaisir. Lord James la regardait en silence, et
frémissant à demi de l'expression de cette
physionomie ; à la fin il dit, avec un regard de
pitié : « Lady Egglestone est si jeune, et jusqu'à présent si innocente ! »

— J'ai été jeune et innocente une fois,
murmura Adeline.

— Elle est en ce moment dans son lit, très-
malade ! n'avez-vous aucune pitié d'elle ?

— Pitié ! pitié ! s'écria Adeline avec un accent effrayant ; qui donc a pitié de moi ? Alors
se levant dans une agitation qui tenait du délire, elle se promena dans la chambre aussi
rapidement qu'elle parlait : « N'ai-je pas été

trahie, abusée, rejetée? n'ai-je pas vu le doigt du mépris dirigé sur moi? n'ai-je pas entendu d'amers reproches, et, ce qui est pis encore, l'expression du dédain me présentant l'odieux contraste de ce que je suis et de ce que je pouvais être? n'éprouvai-je pas encore chaque jour la froideur repoussante des femmes et la licencieuse familiarité des hommes? ne dois-je pas uniquement à la faible générosité d'un mari, que je ne puis aimer, l'orgueilleuse tolérance d'un monde que je méprise plus que je n'en suis méprisée; quand je le vois encenser encore mes richesses, ma figure et mon esprit, qui ne me donnent pas un instant de bonheur? Voilà quelle est ma vie actuelle! et s'il y en a une autre.... non, non, point de pitié que pour moi seule. »

. Lord James l'écoutait avec un mélange de tristesse et de dégoût. « Si vous sentez si profondément, Adeline, lui dit-il, comment

pouvez-vous penser à infliger la même torture
à une autre ?

— Et ne m'a-t-elle pas livrée à la plus
grande des tortures en déchirant ce cœur? dit-
elle en s'approchant de lord James, et en lui
parlant d'une voix étouffée par la rage ; ne
m'a-t-elle pas enlevé le seul cœur auquel j'aie
attaché quelque prix? Je l'avais perdu par ma
faute, mais je l'aurais reconquis à force d'a-
mour. Elle le possède en entier ce cœur qui
m'appartenait! elle sourit de mes agonies et
de son triomphe! Il viendra le jour où je
pourrai rire aussi des siennes, et triompher
d'elle !

Lord James se détourna avec horreur de
cette furie; il appuya sa main sur ses yeux, et
réfléchit sur l'excès de l'immoralité où peuvent entraîner les passions lorsqu'elles s'em-
parent de l'âme. Et combien encore cet
excès est-il plus révoltant chez un sexe fait
pour éprouver de doux sentimens! Plusieurs

circonsstances l'avaient entraîné à se joindre à
madamae Cleverly contre l'innocente Caroline ; maais il avait cru qu'il s'agissait seulement
de lui enlever Percy, et n'avait eu nulle idée
de la noirceur, de la profonde méchanceté de
son assoociée : il lui semblait impossible que
tant de charmes pussent s'allier à tant de per-
versité ;; car Adeline était encore belle et sé-
duisantce autant qu'on puisse l'être, quand la
violencce de ses passions ne pénétrait pas dans
l'intérieeur de son âme. Lord James en frémit,
et l'horreur qu'elle lui inspira soudain fit
plus en faveur de lady Egglestone que tout le
vrai mérite de cette innocente victime. Se levant brusquement, il saisit le bras de madame
Cleverly : « Par le ciel, s'écria-t-il, vous ne
triompherez pas d'elle ! elle est trop aimable,
trop bonne, trop vertueuse pour être écrasée
par vous ; je lui ai offert mon amitié, et je
veux la protéger.

Adeline le regarda fixement, et vit qu'il pen-

sait ce qu'il venait de dire, et qu'elle s'était
trop abandonnée à sa fureur. Reprenant à l'instant les rènes de ses passions frénétiques, elle
les força de rentrer au fond de son cœur agité;
mais trop habile pour marquer brusquement
cette transition, elle affecta d'être influencée
seulement par sa propre sensibilité. Elle s'assit,
des larmes remplirent ses yeux; car la dangereuse, la fausse Adeline avait aussi le don
d'en verser à son gré. « Hélas! dit-elle, sur
quelle amitié puis-je me fier? qui me proté-
gera? Heureuse lady Egglestone! elle aime,
et elle est aimée; elle peut se glorifier non-
seulement de l'attachement de Percy, mais
être fière aussi de voir ceux qu'elle a dédaignés
pour lui, résigner volontairement leur juste
vengeance, oublier leurs propres injures, et
ne penser qu'à assurer le bonheur de l'homme
qu'elle leur préfère.

— Je ne songe pas du tout au bonheur de
Percy, dit lord James avec fierté; je pense

seulement à lady Egglestone. Il est cruel, il est peu généreux de prendre le moment où elle est malade et ne peut se défendre, pour l'accabler plus encore : on croira peut-être, en ne la voyant plus dans le monde, à ce que vous avez osé dire. J'insiste, Adeline, pour que cet indigne article soit contredit immédiatement ; voilà de l'encre, une plume, du papier ; écrivez une réfutation complète de ce paragraphe, fondée sur la vérité et sur la vertu reconnue de lady Egglestone, ou bien, je vous le jure, les papiers de demain contiendront votre histoire entière, et les motifs qui vous ont entraînée à ce mensonge : choisissez à l'instant ; rétractez-vous ; justifiez complètement la comtesse, ou c'est moi qui m'en charge.

Madame Cleverly obéit ; elle écrivit, et donna à lire à lord James ce qu'elle avait écrit. « Non-seulement, dit-elle avec douceur, je rétracte ici tout ce que j'avais avancé

contre lady Egglestone, mais en même temps
je désavoue tout ce que le dépit m'a fait
dire contre elle, tous les plans que j'avais
formés pour lui nuire ; je veux tâcher de me
soumettre en silence à mon triste sort ; je veux
apprendre à mon pauvre cœur brisé, à supporter patiemment d'être le témoin de son
bonheur et de celui d'Orlando ; je veux même,
en réparation, l'avancer par tous les moyens
qui seront en mon pouvoir. Peut-être, en me
conduisant ainsi, lorsque je sais qu'il ne tenait qu'à moi de les séparer, peut-être obtien-
drai-je d'Orlando le pardon de mes premières
erreurs. » Sa tête se pencha doucement, et sa
main, d'une beauté parfaite, se posa sur ses
yeux pour disperser les larmes qui les rem-
plissaient.

Lord James prit le papier et le déploya
lentement, pendant qu'un regard de côté sur
la belle repentante trahissait son émotion ;
il lut un désaveu complet de tout ce qui pou-

vait faire tort à Caroline ; il replia le papier,
et dit avec hésitation : « C'est très-bien ; je
vous remercie d'avoir souscrit à ma requête,
en contredisant cet article ; mais cela suffit ;
je ne prétends point vous obliger à servir les
desseins de M. Percy sur lady Egglestone, ce
serait trop demander de vous ; d'ailleurs.....
—Non, non, dit-elle avec humilité, non ; je
dois être punie, et je me garderai bien de troubler un attachement que votre seigneurie ho-
nore de sa protection spéciale.

. —Non certainement, je ne le protége pas,
s'écria lord Warenden, et si je croyais ;... j'ai
seulement voulu dire, ma chère Adeline, que
ce n'était pas le moment de l'accabler ; elle
est malade, Orlando ne la voit pas plus que
moi. Il n'y a que peu de jours, celui même
où elle a failli de mourir, que je lui offris
mon amitié ; elle l'accepta avec le doux sourire de la confiance ; elle ne sera pas trompée.
Si, dans la suite, elle me repousse, si je vois

cet Orlando ;..... mais à Richmond , je vous
le jure , Adeline , elle le fuyait autant que
moi; ils n'étaient pas sur le même bateau.

—Et cependant c'est lui qui l'a sauvée! reprit Adeline avec une nuance de sa précédente
colère. Un coup de marteau à la porte changea
encore son expression; ce fut alors une nuance
d'inquiétude.

—Rassurez-vous, lui dit lord James en souriant; je suis en train d'obliger mes rivaux; je
laisse le champ libre à ceux qui vont entrer chez
vous, et je veux envoyer votre rétractation ;
nous en reparlerons ensuite. Il la prit , baisa
la belle main de madame Cleverly, et se hâta
de sortir; mais à peine avait-il fermé la porte,
qu'elle secoua la tête, souleva les épaules :
—Pauvre insensé! s'écria-t-elle, croit-il donc,
dans la vanité de son sexe, que j'attendrai,
pour satisfaire ma vengeance, qu'il veuille me
le permettre? Ah ! c'est de lui aussi que j'ai soif
de me venger! peut-il supposer que je lui

pardonne jamais d'avoir été témoin de mon agonie? La porte s'ouvrit, et les visites furent reçues avec les grâces accoutumées; la furie redevint à l'instant la douce, aimable, séduisante Adeline.

La soudaine et inattendue défense de lady Egglestone par lord Warenden, loin de faire observer au moins la neutralité par madame Cleverly, eut, au contraire, l'effet de l'exaspérer encore plus contre des charmes dont le pouvoir calmait même la jalousie et la vengeance ; elle jura de nouveau la perte de celle qui les possédait; mais cette femme artificieuse apprit bientôt que la réputation de sa victime était alors invulnérable.

« L'homme aime la malignité (dit un auteur français), mais non pas contre les malheureux ; c'est se tromper que d'en juger autrement. »

L'intérêt général fut augmenté par l'accident de Caroline; la maladie qui en fut la suite ajouta la plus tendre pitié à l'admiration qu'elle avait excitée; et madame Cleverly fut convaincue que si elle s'aventurait à résister au torrent des louanges de sa rivale, sa frêle barque serait submergée. Adeline, la méchante, la vindicative Adeline, fut non-seulement obligée de réprimer sa haine, mais de se joindre même au chorus perpétuel des éloges de la comtesse qu'elle était forcée d'entendre, et les répéter comme tout le monde. Ce fut là son premier supplice. Semblable à ce spectre du barde danois, dont le beau visage paraissait le siége de la paix et de la sérénité, et dont le cœur était dévoré par un brasier ardent et continuel. C'est de lord James lui-même, déchiré par ses regrets, que j'ai su dans la suite cet étrange entretien, lorsqu'il n'était plus temps de rien réparer.

CHAPITRE XXII.

Pendant que la triste circonstance du danger de Caroline augmente le nombre de ses amis, et que l'intérêt et l'admiration sont montés au plus haut degré, celle que l'on portait aux nues, couchée sur un lit de douleur, était indifférente à ces éloges, et presqu'à la vie elle-même. L'agitation de son esprit, bien plus que son accident, avait occasioné une fièvre ardente, qui semblait la menacer d'une prompte dissolution. Mais sa jeunesse et son excellente constitution abattirent, par degrés, la première violence de la maladie; et, au bout de dix jours, elle put être transportée de son lit sur un divan, dans son boudoir; mais un état de langueur et de faiblesse arrêtait les progrès de sa convalescence. Pendant

sa maladie, lord Egglestone l'avait soignée
avec plus de tendresse et d'anxiété qu'on n'aurait pu l'attendre de lui ; le danger imminent
auquel elle venait d'échapper, et bien plus
encore, les témoignages qu'il recevait journel-
lement de la haute estime que le monde en
général avait pour elle, semblait avoir éveillé
sa pesante sensibilité; et, par une triste fa-
talité, son affection pour son adorable femme
se montrait pour la première fois, quand
chaque marque de son attachement, loin
d'être une consolation pour elle, enfonçait
de nouveaux poignards dans son âme. Quand
le comte veillait auprès d'elle avec la tendresse d'un père, quand il pressait ses mains
brûlantes, quand il la nommait par les noms
qui pouvaient le mieux exprimer sa solhci-
tude, il n'avait pas le sentiment que, s'il
eût toujours agi de même, il aurait con-
firmé les excellens principes de sa jeune
femme, excité sa plus tendre reconnaissance,

et assuré leur bonheur mutuel, tandis qu'actuellement il ne faisait qu'aggraver sa peine et ses remords. Oui, dans un cœur tel que celui de Caroline, la reconnaissance, un tendre respect pour l'époux qui l'aurait rendue heureuse, après l'avoir placée dans un rang élevé et brillant, lui aurait tenu lieu d'amour, ou du moins aurait empêché l'amour d'y pénétrer. A-présent, au contraire, elle se détourne involontairement à chaque nouvelle expression de sa tendresse; et si quelquefois elle tâche de récompenser ses attentions par un faible sourire, cet effort ne sert qu'à lui faire verser, dans la solitude, les larmes du repentir.

Orlando était agité de mille craintes sur la santé de lady Egglestone; les rapports des médecins variaient de jour en jour, et redoublaient son inquiétude, qui vint enfin au point de ne pouvoir la supporter. Dès qu'il apprit qu'elle avait quitté sa chambre à coucher, il supplia le comte de lui permettre de la voir quelques instans. Celui-ci n'ayant pas le moindre soupçon du sentiment qui dictait sa requête, et reconnaissant de l'amitié qu'elle témoignait, pria Caroline de recevoir son *sauveur*, c'est ainsi qu'il appelait Orlando depuis le fatal accident. Elle s'obstina à refuser sa visite, alléguant sa faiblesse ; mais lord Egglestone était bien près de l'attribuer au caprice et à l'opiniâtreté. A la fin elle fut fatiguée de ses sollicitations sans cesse répétées ; quoique sa faiblesse s'augmentât de jour en jour, et qu'elle eût refusé même ses amis les plus intimes, son mari prétendait qu'Orlando devait être excepté ; elle dit alors qu'elle ne recevrait personne avant lady Macpharland, et qu'elle desirait la voir. On la fit demander, et prenant ce bienheureux desir pour un symptôme du rétablissement de mon amie, le cœur plein de joie, je me hâtai d'obéir.

Hélas ! combien mon *désappointement* fut

amer, quand mon premier regard sur l'aimable souffrante détruisit en entier mes douces illusions et mon trompeur espoir ! Je restai quelques heures seule avec la comtesse,
et quand je la quittai, mes yeux, enflés et rougis, marquaient trop bien que ces heures passées avec ma chère Caroline ne s'étaient pas
envolées sur les ailes de la joie. Dès que lord
Egglestone eut entendu partir le carrosse de
lady Anne, il revint prendre son poste à côté
de sa femme; aucune trace de larmes n'était
visible sur ses joues animées d'une couleur vive
et brillante, mais ses yeux appesantis et son
épuisement semblaient contredire ce symptôme imposteur d'une bonne santé. Lord Egglestone ne se doutait pas que ces belles couleurs qui donnaient un nouveau lustre à la
beauté de Caroline, fussent la preuve du mal
qui la dévorait; il l'en félicita, et répéta
qu'elle avait le meilleur visage possible; il
n'interpréta pas mieux le triste sourire avec

lequel elle lui répondit. « Je suis enchanté,
mon cher amour, lui dit-il, de vous voir si
rapidement rétablie ; j'aurais été très-mortifié
si vous n'aviez pu vous rendre à la première
assemblée de la cour ; je l'espère à-présent,
et je vais vous quitter tout-à-fait heureux :
puisque vous êtes si bien, je vais aller passer
une heure au club ; je n'y ai été que trois fois
cette dernière quinzaine. » En parlant ainsi,
il arrangea les oreillers, baisa Caroline sur les
joues, et retourna à son genre d'occupation
accoutumée, avec une grande satisfaction. Le
bon lord se félicitait lui-même de la manière
attentive avec laquelle, pendant deux longues
semaines, il avait rempli le pénible devoir de
garde-malade à côté de la couche où il laissait
encore son aimable compagne ; il racontait
avec ostentation, à qui voulait l'entendre, ses
craintes, son espoir, ses soins assidus, ses attentions soutenues, son bonheur de l'avoir
laissée aussi bien, etc., etc., etc. ; et tout cela,

traduit littéralement, voulait dire combien il était charmé d'être délivré de ces devoirs qu'il se glorifiait d'avoir si bien remplis.

Cependant il n'en était pas moins vrai que pendant cette ennuyeuse période, il avait été réellement très-bon et très-affectionné avec l'intéressante malade, mais c'était par une certaine impulsion qui l'avait entraîné hors de son caractère naturel. Bientôt fatigué d'une chose aussi nouvelle pour lui, celle de s'occuper d'une autre personne que de lui-même, il se persuada facilement que la cause n'existant plus, l'effet devait cesser; et comme il eût été ennuyeux et pénible pour lui de plaindre plus long-temps *sa chère Caroline,* il assura à tout le monde, ainsi qu'il en était convaincu lui-même, qu'elle était, grace au ciel, hors de tout danger.

Ce fut avec bien d'autres sentimens que je quittai ma pauvre amie. Aussitôt que je fus rentrée chez moi, je dépêchai un billet à mon cousin Percy, pour le prier de veenir me voir le plus tôt possible : le retour dde mon messager ne précéda Orlando que dee quelques minutes.

Il me trouva, en entrant, me promenant du haut en bas de la chambre, dans une profonde méditation, tandis que des larmes inondaient mes joues ; mon message, et bien plus encore une expression de chagrin asssez rare chez moi, frappèrent au cœur d'Orlando ; il me regardait en silence, et quelques minutes s'écoulèrent avant qu'il eût obéi au signe que je lui fis de s'asseoir : je me plaçai près de lui ; mais ni l'un ni l'autre nous n'avions le pouvoir d'articuler un mot : enfin, d'une voix entrecoupée, je lui dis que je revenais à l'instant de chez lady Egglestone.

—Comment est-elle, comment l'avez-vous trouvée? demanda Percy, ne pouvant presque pas respirer.

— Elle paraît bien, répondit lady Anne;

elle est au moins très-belle; mais je crains beaucoup que, malgré cette fausse apparence, elle ne ' soit très-mal, plus mal même qu'elle ne veut en convenir.

— Bon Dieu, serait-il possible ! Quand pourrai-je la voir? » et son impatience se peignait dans ses yeux en attendant la réponse.

— Orlando, continua lady Anne avec fermeté, je vous ai fait venir à sa requête; elle m'a donné la commission de parler avec vous sur ce sujet; je crains que ce que j'ai à vous communiquer ne vous désespère, mais écoutez-moi, si vous le pouvez, avec calme. Caroline m'a confié tout ce qui s'est passé entre vous; ne frémissez pas, mon cousin, elle m'a ouvert son cœur en entier, mais cependant elle ne m'a dit que ce que j'avais craint depuis long-temps, que ce que j'avais prévu. Ne pensez pas, Orlando, que je veuille vous donner des avis, ou vous faire des reproches : du plus profond de mon cœur je vous plains

tous les deux. Lady Egglestone a exigé une
promesse de moi, comme une preuve de mon
amitié (et le ciel sait combien cette amitié est
fervente), c'est de prendre la pénible tâche de
vous apprendre ses dernières résolutions:
Pouvez-vous les entendre?

— Percy répondit faiblement à ma question; la violente agitation de son esprit lui
ôtait presque la faculté de parler; un triste
pressentiment qu'il ne verrait plus Caroline
paralysait son âme, et la voix de lady Anne
avait, pendant quelques minutes, frappé ses
oreilles avant qu'il pût rassembler assez ses
idées pour comprendre ses paroles. A la fin le
nom d'Egglestone le réveilla de cette espèce
de stupeur : Que dites-vous d'elle? s'écria-t-il
comme s'il sortait d'un songe pénible. Lady
Egglestone, répétai-je, m'a dit tout ce qui
s'était passé; qu'au moment où vous lui ren-
dîtes la vie, vous lui fites l'aveu de votre
amour; elle ne m'a pas nié qu'elle vous

payât de? retour; elle croit même, dans un moment d'oubli, vous l'avoir avoué, et les brûlantes larmes du repentir coulaient en abondance sur ses joues en me faisant cette confession. Elle vous aime depuis long-temps, Orlando., trop pour son repos, trop pour son innocence, mais elle croit que puisque ce coupable sentiment l'a entraînée, malgré sa volonté, dans le double crime d'écouter vos discours passionnés, et d'y répondre, elle ne doit plus vous revoir.

— Un gémissement profond s'échappa du sein d'Orlando; je m'arrêtai un moment, puis je continuai : Caroline, jeune et sans expérience, mais élevée par son père dans les principes les plus vertueux, s'est formé un jugement sévère, mais, hélas! trop juste de sa conduite. En vain, peut-être, j'ai tâché, par une fausse considération pour l'état actuel de sa santé, d'adoucir son esprit, et de pallier ses erreurs; avec une rectitude de principes et une fermeté de caractère que je ne puis que vénérer, elle a refusé de céder à mes sophismes, et rejeté une indulgence qu'elle ne pense pas mériter. Elle convient cependant qu'elle ne s'était pas doutée de son amour, dans les premiers temps, et que dès qu'elle a cessé de se faire illusion, et qu'elle a découvert la nature du sentiment qu'elle a pour vous, elle s'est livrée au dangereux espoir de parvenir à en triompher, ou de le réprimer si elle ne pouvait en guérir, et de le cacher dans les plus profonds replis de son cœur; mais à-présent qu'elle sent combien cet espoir est illusoire, si elle s'expose encore volontairement, en continuant à vous voir, elle est persuadée que cela ne servirait qu'à augmenter ses torts et son malheur; et Caroline sait qu'elle n'est déjà que trop coupable.

— Coupable! interrompit Orlando, coupable! Et qui oserait accuser Caroline? Elle est aussi pure, aussi innocente que les anges, auxquels elle ressemble!

— Non, Orlando, interrompit lady Anne, vous êtes dans l'erreur; Caroline sent, et sent avec justice, que la femme qui s'est une fois abaissée à écouter l'aveu d'un sentiment coupable, et, bien plus encore, à y répondre, a déjà altéré la pureté de son âme. Elle ne vous reproche rien, Orlando; c'est elle seule qu'elle condamne; mais vous la plaindriez ainsi que je le fais, si vous l'aviez vue les mains jointes, son beau regard tourné vers le ciel, et demandant miséricorde et pardon : « Dieu, disait-elle, qui lit tous les secrets de mon cœur, pourra peut-être pardonner une erreur dont je me repens si humblement, et trouver quelque excuse dans ma jeunesse, dans les circonstances difficiles où j'ai été placée, dans les qualités de celui que j'ai eu la faiblesse d'aimer; mais si, connaissant mes torts, j'osais m'exposer encore à entre-

tenir ce coupable amour, comment pourrai-
je espérer mon pardon? Dites donc à Orlando
que je l'implore, que je le conjure, comme
s'il recevait les dernières volontés, les dernières bénédictions d'une mourante, de me
donner la seule preuve de son attachement
que je puisse et veuille recevoir; dites-lui, et
elle posa la main sur mon bras avec une sorte
de solennité, dites-lui que j'ai juré à mon père
qui est dans le ciel, et à mon propre cœur,
que *la femme de lord Egglestone* ne le re-
verra jamais volontairement, au moins jusqu'à ce qu'elle puisse le rencontrer avec une
parfaite indifférence. Oh! bien sûrement il
ne voudra pas faire commettre un parjure à
l'infortunée Caroline, qui, sans lui, serait
encore innocente et paisible! »

Pendant que je parlais, Orlando marchait
dans la chambre avec une vivacité qui tenait
du désespoir. Lorsque j'eus fini, il se jeta sur
une chaise, et, couvrant son visage de ses

deux mains, il tâchait en vain d'arrêter des sanglots convulsifs. Presque aussi affectée que lui, je m'arrêtai quelques momens ; mais mon malheureux cousin me dit avec un accent effrayant : « Poursuivez ; laissez-moi entendre tout ce qu'elle a dit, tout ce qu'elle veut ; portez de suite à mon cœur le coup terrible qui doit le frapper. »

J'obéis. Vous pouvez penser, Orlando, lui dis-je, que je n'étais pas un témoin insensible des douleurs de cette aimable pénitente ; et quoique mes propres principes me défendissent de combattre de tels sentimens, qui n'étaient, au fond, que son strict devoir, je tâchai de lui parler de consolation et d'espoir ; je lui rappelai son heureuse jeunesse ; j'anticipai dans l'avenir, pour lui promettre encore des années de paix ; mais sa seule réponse fut un sourire incrédule, je dirai presque amer, en le comparant au ravissant sourire que j'ai vu si souvent se jouer sur ses lèvres. Il y avait quel-

III. 9

que chose dans son expression qui m'engagea
à l'observer plus attentivement. Caroline était
couchée à demi, ne pouvant soutenir sa tête
sans appui; ses yeux étincelaient, et la chaleur de la fièvre répandait une teinte très-vive
sur ses joues; mais toute sa personne paraissait accablée sous le poids d'une extrême faiblesse; sa main, que je tenais dans les miennes,
était tout-à-fait amaigrie; je pouvais à peine
croire qu'un temps aussi court eût produit
une telle altération. Je la suppliai de faire tout
ce qui dépendrait d'elle pour surmonter cet
abattement moral et physique; je dis quelques
mots des chagrins que son état donnerait à
lord Egglstone; elle me regarda, et je crus
retrouver quelques restes de l'animation de
sa physionomie. « Je desire seulement, me dit-
elle, vivre quelque temps encore pour réparer
mes torts envers lui; depuis ma maladie, il
m'a traitée avec une bonté, une tendresse,
une indulgence qui me percent l'âme; mais je

mérite mes souffrances; cependant, chère
lady Anne, laissez-moi dire une seule chose.
Si, depuis quelques mois, le comte m'eût
montré cette tendresse dont il m'entoure à-
présent; s'il eût eu la condescendance d'accepter la reconnaissance, la sincère affection
que je lui ai si souvent offertes; si, pendant
qu'il me donnait en public mille marques de
faveurs et d'attachement, il eût supprimé,
dans notre particulier, le mépris avec lequel
il semblait me regarder ainsi que les miens;
s'il m'eût moins entourée d'éloges et de grandeur; s'il m'eût un peu plus chérie, nous
eussions été heureux. Mais pardonnez-moi; je
sais que je n'ai aucun droit de me plaindre;
j'ai tout rejeté, même ma propre estime.
Chère lady Anne! tout indigne que je suis
de la vôtre, ne m'ôtez pas entièrement votre
amitié! »

Je ne pouvais lui répondre, mais je baisai
sa brûlante main, en la serrant contre mon

cœur. Après quelques minutes de silence, elle ajouta : « Peu de personnes peuvent connaître la force naturelle de mes sentimens, et combien rarement il m'a été permis de m'y livrer ! J'ai été de bonne heure séparée de mon père et de ma sœur ; je ne crois pas être ingrate envers lady Barton, lorsque je dis qu'elle n'a pas cette chaleur de cœur qui aurait gagné toutes mes affections. Lord Egglestone, prévenu sans cesse contre moi, interprétait mal mes motifs et mes actions ; mais je pardonne à ceux qui m'ont nui, comme je desire d'être moi-même pardonnée ; et si je suis appelée à vivre encore, je prie Dieu de tout mon cœur de me rendre capable de contribuer au bonheur des autres, lors même que le mien serait perdu pour toujours. »

O mon cher Orlando ! si vous l'eussiez entendue ! il y avait dans sa manière quelque chose de si positif, de si convaincant, que l'on sentait qu'il était impossible de lui pré-

senter aucune consolation. Craignant les conséquences de cette agitation, dans son état de
faiblesse, je me levai pour la laisser; mais
elle m'arrêta : « Un mot encore, me dit-elle,
et j'ai fini pour jamais sur ce sujet. Dites à
Orlando de ne pas supposer que ma résolution de ne le plus revoir soit la résolution
d'un moment, une conséquence de l'état où
je me trouve; elle est et sera irrévocable;
je sens à-présent que j'en aurai le courage,
puisque j'ai eu celui de vous faire ma confession, de m'humilier devant vous, de vous
avouer mon coupable attachement. Je n'ai pu
trouver ce courage que dans la sincérité et la
fermeté de cette résolution, qui m'a rendue
capable de sonder mon propre cœur, et de
frémir de sa blessure. Je ne demande pas à
Orlando de m'oublier; peut-être en ce moment ne serait-ce pas en son pouvoir; mais
quand il ne me verra plus; quand il n'enten-
dra plus parler de moi : quand je serai morte,

au moins pour lui, il regardera le passé comme
un songe qui s'évanouira bientôt. Si j'osais
lui faire une prière; si ce n'est pas un péché
d'influer encore sur sa destinée, je voudrais lui
demander, le supplier de remplir sans délai ses
engagemens avec miss Ogilvie. En m'accordant
de contribuer à rendre à Maria ce que je lui
ai enlevé, il me rend capable de la seule réparation qui soit en mon pouvoir, pour le mal
involontaire que je lui ai fait. Je sais qu'il
l'aime; peut-être son attachement peut égaler
le mien; mais il est innocent. Orlando, sans
doute, sentira aussi la douceur d'aimer sans
remords; peut-être Dieu m'accordera d'apprendre qu'ils jouissent d'un degré de bonheur que je.... que moi... Ici, pour la première fois, elle hésita, bégaya, et ne put
achever; elle détourna son visage, et se penchant sur un de ses bras, comme pour cacher
son émotion, elle me tendit l'autre main en
signe d'adieu; je la compris, et je la laissai.

Orlando en fit de même avec moi ; il m'approcha ; et me serrant la main avec force, il voulut prononcer quelques mots d'une voix étouffée ; mais s'arrêtant tout-à-coup, il enfonça son chapeau sur ses yeux, et disparut.

CHAPITRE XXIII.

Pauvre Orlando ! il ignorait lui-même comment il avait quitté sa cousine, ni de quel côté se dirigèrent ses pas; quand enfin il retrouva ses idées, il était sans le savoir, et dans l'obscurité d'une sombre nuit, près de Grovenor Square, se promenant à quelque distance de la maison de lord Egglestone. Tout dans sa tête était trouble et confusion; un vague souvenir que Caroline ne voulait plus le voir, une idée plus incohérente encore qu'elle exigeait qu'il épousât miss Ogilvie, était tout ce qui lui restait de notre dernier entretien.

Quand il put penser, car il fut long-temps sans que cela fût possible, il s'imagina que Caroline était morte, et qu'elle lui avait laissé

cet ordre comme une dernière volonté. Ces
mots de Caroline, que je lui avais répétés :
J'ai juré que la femme de lord Egglestone ne
le reverrait jamais volontairement, réson-
naient sans cesse à son oreille ; il continuait à
les redire machinalement, jusqu'à ce que, par
degrés, il commença à en saisir le sens, et découvrit qu'ils se rapportaient au futur.—Dieu
soit béni mille fois! s'écria-t-il; elle vit encore! Alors il fondit en larmes, et fut soulagé.
Profondément affligé, mais plus calme, il
essaya de réfléchir sur sa situation; alors la
vérité entière se dévoila par degrés; il se
rappela jusqu'au moindre mot que j'avais
prononcé, et il y trouva quelques motifs de
consolation. Il n'y avait que peu de jours qu'il
avait sauvé Caroline de la mort, qu'il la serrait dans ses bras, qu'il l'avait entendue, avec
les plus doux accens, répondre à son amour,
lui dire : Et moi aussi, cher Orlando, je vous
aime !...... et à-présent, à-présent elle or-

donne une éternelle séparation!........ mais
non, pas éternelle; elle vit encore, elle
m'aime; lady Anne me l'a dit; nous pouvons encore être heureux...... Oui! oui! j'en
suis sûr! c'est seulement comme *femme de
lord Egglestone* qu'elle a juré de *ne plus me
revoir volontairement.* Lord Egglestone, déjà
si âgé, ne peut vivre toujours... Ah! oui,
nous pouvons un jour être heureux !... et il
continuait à répéter ces paroles, moins pour
se convaincre de leur vérité, que par la crainte
de laisser échapper son dernier espoir, la
seule possibilité de bonheur.

Rien ne prouve plus l'obstination avec laquelle le cœur humain tient à la vie, que l'a-
vidité avec laquelle, dans ses plus grandes
détresses, il saisit l'ombre la plus légère de
consolation future; dans une affliction modé-
rée, l'esprit est assez présent, assez fort pour
voir ses chagrins sous leur véritable jour, et
juger avec précision de l'espoir qui reste en-

core; mais quand le malheur est tout-à-coup
à son comble, les plus grandes improbabilités
e présentent comme des certitudes, et ser-
vent de fondement fragile à de nouvelles illusions de bonheur. C'est seulement dans la
gradation du chagrin que la raison retient
assez d'influence pour sonder les profondeurs
du désespoir, et ne pas permettre à l'imagina-
tion de se livrer à des chimères qui aggravent
le poids des peines, lorsque le temps les détruit. L'infortuné qui se jette à l'eau pour y
trouver la fin d'une vie qui lui paraît odieuse,
lorsque l'agonie de la mort suspend son délire,
s'accroche à un brin de paille pour éviter le
trépas qu'il desirait avec ardeur. L'idée de
survivre à lord Egglestone, suivant les lois de
la nature, et de devenir ensuite l'époux de
Caroline, prit possession de l'esprit d'Orlando, et le sauva, dans ce premier moment,
des effets de son désespoir. Avant même que
ses pensées fussent en ordre, il revint chez

lui pour écrire à Caroline. Rien ne pouvait
être plus incohérent , plus contradictoire,
qu'une lettre tracée dans un tel moment de
trouble ; mais aussi rien de plus expressif et
de plus touchant que ce désordre de la passion et de la douleur.

Dans quelques lignes, il se disait prêt à se
soumettre à ses moindres volontés, à céder à
tous ses vœux ; dans les suivantes, il se révol-
tait contre des ordres cruels, auxquels il ne
pouvait obéir sans perdre la vie. Il sollicitait
avec ardeur la permission de la revoir une
seule fois, de lui donner au moins la consolation de penser qu'il la reverrait encore; il
promettait que si elle consentait à lui accor-
der ce bonheur, à recevoir de sa bouche son
vœu d'éternelle fidélité, il ne demandait rien
de plus ; qu'il prendrait congé d'elle et de l'Angleterre, et n'y reviendrait que lorsqu'elle le
rappellerait elle-même ; et que si elle ne voulait pas l'entendre, il lui fût au moins accordé

de la revoir. Il voulait, ajoutait-il, mettre un sceau sur ses lèvres, et il promettait de ne plus l'offenser par l'aveu d'une passion que le temps ni l'absence ne pourraient éteindre.... En un mot, cette lettre était dictée d'un bout à l'autre par le délire d'une passion insensée. Peu de jeunes hommes de cette classe possédaient des principes aussi stricts, avaient de plus hautes idées de rectitude et de moralité que mon cousin Orlando Percy; ais il n'est que trop vrai qu'aucun mortel, quelque bon que soit naturellement son cœur, quelque fort que soit son entendement, quand l est dans le calme, puisse résister à l'orage les passions, et dire au torrent en fureur : *u iras jusque là, et pas plus loin*. Six mois uparavant, Orlando aurait frémi à la pensée c gagner les affections d'une femme mariée; l aurait méprisé celui qui aurait tâché d'entraîner une jeune et innocente épouse dans s sentiers du vice, ou même dans un sentiment contraire à ses devoirs; il aurait regardé comme une infamie de violer les lois de l'hospitalité, en trahissant la confiance d'un mari; et ce mari étant lié au séducteur par un degré de parenté, par l'amitié, par la reconnaissance, ce crime lui eût paru plus atroce encore! Cependant s'il eût pu dans ce moment juger impartialement sa conduite, sa conscience lui aurait crié : *Tu es coupable !* Mais il n'était plus en son pouvoir de former un tel jugement.

Quand, en premier lieu, au château d'Egglestone, il fut convaincu de son criminel attachement pour la jeune femme de son tuteur, il agit sagement, et d'après la voix de sa conscience, en évitant sa société; ce fut son premier mouvement, dicté par la raison et la prudence, qu'il pouvait écouter encore. Que n'avait-il toujours agi de même ! Mais du moment qu'il avait volontairement cherché le danger que son propre jugement lui avait fait

éviter, il perdit tout son empire sur lui-même
et sur ses actions; car une des premières pu-
nitions de celui qui s'expose à la tentation,
est d'affaiblir ou même de détruire tout pouvoir de résistance.

Mon malheureux cousin était loin alors de
voir sa conduite dans son vrai jour; il la regardait au travers du verre trompeur des sophismes et de la mode, qui dénature les
objets. Caroline était une jeune et charmante
femme, mariée avec un homme qui ne lui
convenait à aucun égard. Eût-elle été unie à
un époux digne d'elle, ou même eût-elle été
heureuse dans sa vie domestique, il l'aurait
aimée en secret, mais jamais, jamais il n'aurait cherché à se faire aimer, jamais il n'aurait
divulgué sa passion. Mais le cas était bien différent : Caroline malheureuse dans son intérieur, exposée aux attaques de jeunes écer-
velés sans principes, avait besoin d'un ami
dévoué, qui la respectât autant qu'il l'aurait

chérie. Orlando se sentait digne d'être cet
ami; mais pouvait-il, avec elle, s'en tenir à
la seule amitié? C'était impossible; et lorsque
Caroline non-seulement écoute son amour,
mais y répond par un attachement récipro-
que, peut-on espérer qu'il consente à renon-
cer à elle pour toujours? Pourquoi se soumettre à une séparation qui les rendrait tous
les deux malheureux, sans faire le bonheur
de personne? Lord Egglestone, incapable d'apprécier Caroline, n'attachait aucun prix à la
possession exclusive de son cœur, et pour Orlando ce cœur était d'une plus grande va-
leur que le monde entier. Quel était le danger d'encourager une passion qui, dans toutes
les probabilités humaines, serait en peu d'années légitime et innocente?

Tels sans doute auraient été les raisonne-
mens de Percy dans sa disposition actuelle,
s'il eût pu réfléchir: mais sa seule excuse,
c'est qu'il en était totalement incapable: non

que je veuille pallier sa conduite ; elle était
inexcusable ; mais je la décris telle qu'elle
était, et non comme elle aurait dû être.
Il peut m'être permis de déplorer la faiblesse
et l'imperfection de la nature humaine en général, et surtout la chute d'un homme qui
jusqu'alors s'était attiré l'estime des gens les
plus rigides, et l'affection des plus indifférens.

Ayant fermé sa lettre à Caroline, son inquiétude porta sur le moyen le plus court de
la lui faire parvenir ; ne voulant pas la confier
à un domestique, il me l'apporta, et me supplia avec véhémence de la donner à lady Egglestone. D'abord j'hésitai, et j'allais refuser
de me charger d'un tel message ; mais redou-
tant qu'il ne cherchât d'autres moyens, et
craignant les conséquences fâcheuses qui pourraient en résulter, je consentis à remettre sa
missive : « Mais, Orlando, lui dis-je, rappelez-vous que ma complaisance n'ira pas plus

loin ; par des motifs de délicatesse , je me suis défendue de vous exprimer mes sentimens à cet égard, parce que je me fie à la rectitude des vôtres; mais je vous déclare que , sous aucun prétexte , je n'entends faciliter ni sanctionner une correspondance entre vous et lady Egglestone.

» Je pense que cette lettre est un acquiescement à la requête que je vous ai présentée de sa part, et je consens, d'après cela, à la lui donner; mais si, contre mon attente, elle veut me consulter sur sa manière d'être avec vous , si elle veut se rétracter, rappelez-vous que mes propres principes ne me permettent pas d'autre chose que de la confirmer dans les sages résolutions que je vous ai communiquées. »

Quelques jours se passèrent avant que lady Egglestone pût me voir ; l'agitation qu'elle avait éprouvée lors de notre dernière entrevue , avait occasioné le retour de sa fièvre ardente ; cependant elle voulut bien m'admettre ; et comme j'avais le sentiment qu'elle attendait une réponse d'Orlando, je lui donnai sa lettre en entrant, pour terminer son état de gêne et d'inquiétude. Caroline la reçut d'une main tremblante ; elle rougit faiblement en lisant l'adresse, et soupira à demi en regardant le cachet. C'était le dernier effort de l'humaine faiblesse, et il ne dura qu'un moment ; elle me rendit la lettre sans l'ouvrir.—Reprenez-la, ma chère lady Anne, dit-elle d'une voix éteinte, mais avec fermeté, et laissez-moi le courage de refuser de savoir la pensée d'Orlando.

Je la regardai en l'admirant en silence, et je repris doucement la lettre. Lady Egglestone interprétant mon regard, continua : — Je ne dois pas la recevoir, je ne dois pas la lire ; je ne desire pas même entendre ces protestations d'amour, dont je ne doute pas, mais qu'il est de mon devoir d'éviter. Hélas ! je crains de n'avoir pu encore obtenir de mon faible cœur de desirer qu'Orlando renonce à moi, qu'il m'oublie... Ah ! pardonnez des pensées fugitives que ma raison condamne, et qui reviennent malgré moi. Peut-être vous m'accuserez d'inconséquence ou d'hypocrisie, même de l'un et de l'autre, quand je vous dirai que mon seul vœu bien distinct, bien positif, serait d'apprendre son mariage avec miss Ogilvie ; si je vis, je sens que je ne puis avoir de paix avec moi-même, que par l'idée de leur bonheur; et si je meurs, cette réflexion adoucira les derniers momens de mon existence.

— Ne parlez pas ainsi, ma chère Caroline, m'écriai-je avec peine, car mon cœur était brisé ; pourquoi ce découragement ? Considérez votre jeunesse, votre excellente constitution ; une maladie de trois semaines, occasionée par un accident, ne donne pas lieu de désespérer.

— Est-ce que l'idée de la mort implique

celle du désespoir? dit Caroline avec un triste sourire ; grace à Dieu et à... oui, grace à mon Dieu, cet accident n'a point été mortel ; il m'a été accordé du temps pour la réflexion, pour la repentance, et vous savez, chère lady Anne, qu'il y a joie au ciel pour le vrai repentir ; quelque grandes qu'aient été mes fautes, je suis loin de désespérer ; mais la volonté de Dieu soit faite ! je suis résignée à tout ce qu'il ordonnera.

L'expression de sa physionomie, son sourire, son regard avaient quelque chose de si céleste, que peut-être un spectateur indifférent (s'il eût pu y en avoir) l'aurait plus admirée que lorsque les brillans rayons du plaisir animaient son beau visage dans ses jours de gloire et de gaîté; mais, hélas ! en la regardant, un secret pressentiment serrait mon cœur et baignait mes yeux de larmes.

— Ma chère Caroline, lui dis-je enfin, si réellement vous pensez que vous êtes aussi

mal; si vous imaginez qu'il y a quelque danger, n'aimeriez-vous pas à voir votre père,
votre sœur?

— Oh! non, non! pas pour rien au monde!
s'écria Caroline avec un regard égaré et une
voix pressée; alors retournant la tête et fixant
sur moi ses grands yeux noirs, elle ajouta plus
doucement, mais avec un peu d'emphase:
—Non pas encore, le moment n'est pas venu.
Lady Margaret n'a pas voulu que le comte
consentît à les rendre témoins de mon bonheur
passager, et je ne voudrais pas à-présent pour
aucune chose au monde les rendre témoins de
ma misère; mais vous, chère lady Anne, voulez-vous rester près de moi? Avant que je
pusse répondre, les médecins qui soignaient
la comtesse furent annoncés, et je me reti-
rai, mais seulement à l'antichambre, où j'at-
tendis avec anxiété leur retour pour m'informer de leurs réels sentimens sur l'état de
Caroline.

— Il est très-difficile de donner aucune
opinion, me dit le docteur B... ; ni l'accident,
ni la fièvre qui en est la conséquence immé-
diate, ne sont des causes suffisantes pour pro-
duire les effets que cette maladie paraît avoir
sur sa constitution : l'irritation de son pouls
et sa faiblesse générale semblent plutôt augmenter que diminuer, et la beauté peu commune de son teint, par laquelle on la distinguait, semble indiquer une constitution très-
délicate; mais la comtesse est si jeune, que
nous mettons notre confiance dans les efforts
de la nature pour conserver son plus bel
ouvrage : nous ne voyons aucun symptôme
dangereux pour le moment, et le temps et
des soins soutenus ont opéré quelquefois des
miracles.

Mes craintes furent peu calmées par cette
opinion équivoque, mais ne pouvant rien
obtenir de plus par mes questions répétées,
je retournai tristement chez moi, cherchant

plutôt à douter qu'à m'abandonner à une trompeuse espérance.

Hélas! l'opinion réelle des médecins ne fut bientôt que trop évidente; ils varièrent leurs ordonnances de jour en jour; ils assignaient de nouvelles causes pour leur peu de succès : à la fin ils recoururent à ce malheureux expédient de la Faculté, qui ordonne le changement d'air; ce qui est généralement reconnu comme un aveu que sa science est à bout. Il était évident aussi que la malade n'aurait pas la force d'entreprendre un long voyage, et le duc d'Orkney ayant offert de lui prêter un charmant *Ermitage*, c'est ainsi qu'il appelait une petite campagne qu'il possédait dans le comté de Kent, elle accepta avec joie cette retraite, moins, je crois, par l'espoir d'en retirer quelque bénéfice pour sa santé, que par la certitude d'y jouir sans interruption de la société de son amie lady Anne Macpharland, qui voulait l'accompagner dans cette

sólitude, et n'y voir qu'elle seule. En vérité, ma sollicitude pour cette chère souffrante était telle, que je n'aurais pu exister
autre part.

Rien ne montra plus distinctement les nuances variées des caractères, dans le cercle des
connaissances de lady Egglestone, que les
différentes manières de sentir et de commen-
ter sa maladie. En entendant les lamentations
du comte, personne n'aurait imaginé de le
plaindre, ni de supposer que sa femme fût en
danger. — La maladie de la comtesse (disait-
il en soupirant) est tout ce qu'il y a de plus
malheureux, vu la circonstance. La reine devait donner une fête à Trogmore, et le prince
un second bal à Carlton-House; il serait affreux
que lady Egglestone ne pût en être! Il désap-
prouvait toutes les ordonnances qui prescri-
vaient des ménagemens, assurait qu'elle était
mieux pour le lui persuader à elle-même ; ne
cessait de parler de toutes les affaires publi-

ques et particulières, qui l'empêchaient de
soigner sa femme, comme le ferait un homme
de moindre conséquence; mais il était absolument nécessaire qu'il remplît ses devoirs à
la cour, puisque lady Egglestone en était incapable, et il lui était absolument impossible
de l'accompagner à l'Ermitage de Kent; il es-
pérait qu'en très-peu de temps elle se trouverait mieux, et pourrait revenir et voir les
courses de chevaux au mois d'août : elle n'y
avait pas paru l'été précédent, et ce serait un
sujet de surprise générale si elle n'y allait pas
cette fois; mais il était sûr qu'alors elle serait
guérie. Elle lui devait de prendre soin d'elle-
même, car sa maladie était pour lui un incon-
vénient majeur, qui dérangeait tout-à-fait son
genre de vie.

Les observations de lady Margaret étaient
encore plus insupportables; elle répétait sans
cesse que la langueur de Caroline et sa faiblesse n'étaient qu'une affectation, qu'un

moyen qu'elle avait imaginé pour intéresser.—
Je me suis fait un devoir, disait-elle en relevant
la tête, de la visiter chaque jour, pour juger
par moi-même de la réalité de ses maux, et je
puis affirmer que ces dernières vingt-quatre
heures j'ai été frappée de son visage ; je ne l'ai
jamais vue mieux en ma vie ; si elle met du
rouge, comme tout le monde l'assure , je
trouve qu'elle est maladroite de se donner
l'air d'être aussi bien quand elle veut être
malade; si ses couleurs sont naturelles, elles
donnent un démenti formel à sa prétendue
intéressante débilité ; mais les personnes qui
ne sont pas nées pour la place qu'elles occu-
pent, croient de se relever en se donnant des
airs. Quant à moi, ajouta-t-elle , lorsque je
suis réellement indisposée, mon visage ne ressemble pas du tout à celui de lady Egglestone.
C'est assurément ce dont personne ne doutait. Cette méchante personne était si heureuse de pouvoir se livrer à toute son acrimo-

nie contre Caroline, sans être retenue par l'admiration que la présence de lady Eggles-tone inspirait toujours, qu'elle ne cessait ses invectives ; et comme le comte n'allait plus dans la chambre de la malade, excepté dans les heures où l'étiquette exigeait sa présence, lady Margaret avait des occasions plus fréquentes de verser dans les oreilles de son frère tout son venin contre l'aimable malade. et de reprendre sur ce faible caractère l'influence que Caroline lui avait enlevée, quand elle pouvait satisfaire la vanité de son mari. La haine de lady Margaret avait tellement augmenté par l'intérêt que la comtesse inspirait, et par les éloges qu'on lui prodiguait, qu'il y a toute apparence qu'elle aurait exercé le pouvoir qu'elle avait repris sur le comte, pour contrarier l'envie que Caroline témoignait d'aller à l'Ermitage, si l'espoir de régner plus despotiquement pendant son absence n'eût pas contrebalancé le desir de lui faire de la peine, et d'empêcher ce qui devait la rétablir.

On devait naturellement supposer qu'entre toutes les connaissances de lady Egglestone, celle qui devait être le plus affectée de sa triste situation, c'était lady Barton; mais la nature avait oublié de lui donner un cœur, comme, par un caprice semblable, elle a formé les grenouilles sans estomac. Cependant, malgré ce déficit, toutes les fonctions d'une vie commune se remplissent également sans interruption; et, quoique la froideur soit le caractère dominant de la constitution de ces êtres manqués, une vivacité apparente, une célérité de mouvement, une activité infatigable dans la recherche de ce qui les attire, et une parfaite indifférence pour tout le reste, sans bonne ni mauvaise intention, caractérisent lady Barton et les grenouilles. Il est vrai que l'approche de son mariage avec le duc d'Orkney l'occupait bien autant que le danger de Caroline; elle passait, avec une incroyable rapidité, des

détails de ses emplettes de noce, à ceux des
symptômes de la maladie de cette pauvre lady
Egglestone : elle en parlait avec la même importance, et courait sans cesse d'un lieu à
l'autre pour trouver des auditeurs. Elle aurait
pu se convaincre combien on s'intéressait plus
au mal de Caroline qu'à sa garde-robe ; mais
cela lui était fort égal, pourvu qu'on l'écou-
tât : dès qu'elle paraissait, elle était entourée,
pour avoir des nouvelles sûres de la malade ;
et cela lui donnait une importance qui lui faisait grand plaisir : pour avoir des bulletins au-
thentiques, elle allait deux fois par jour à
Grosvenor Square, et fatiguait à mourir la
pauvre malade par ses questions et son incon-
cevable volubilité, notant au crayon les ré-
ponses pour se les rappeler, et lui disant souvent en sortant : « Charmée, ma chère Caroline, de vous trouver beaucoup mieux, » quand
elle était, au contraire, plus malade et plus
abattue. Caroline en vint au point de ne pou-

voir plus la recevoir; mais lady Barton en
fut charmée; son temps était épargné, et le
moindre domestique répondait bien ou mal
à ses enquêtes : c'était tout ce qu'il lui fallait.

Il semblait que, par un principe inverse,
l'inquiétude sur l'état de lady Egglestone augmentait de force en proportion de ce que le
cercle s'éloignait du centre ; son mari, sa
belle-sœur, sa mère adoptive, étaient ou tranquilles ou indifférens, et jamais un individu
n'avait excité l'intérêt général autant que Caroline : ceux mêmes qui ne la connaissaient
que de vue, gémissaient en pensant qu'un
être aussi charmant allait disparaître de ce
monde; il avait ébloui, enchanté tous les
yeux, et l'on tremblait en pensant qu'on ne
le reverrait plus. Les seuls ennemis qu'elle
eût, étaient les femmes qui enviaient ses avan-
tages et sa supériorité; mais du moment qu'elle
ne fut plus un objet d'envie, excepté pour
madame Cleverly, elle fut celui de la pitié et

de l'admiration. Ainsi, par un contraste singulier, le moment où Caroline repentante,
résignée, pleine d'humilité et de contrition,
prosternée devant Dieu, criait merci pour ses
erreurs, n'espérant plus de paix que dans une
autre vie, la voix publique multipliait les éloges, louait ses vertus, l'élevait sur un trône
temporel, quand la vie n'avait plus pour elle
aucun charme.

CHAPITRE XXIV.

Le jour fixé pour notre départ de Londres arriva, et par un singulier hasard, il se trouva que c'était le jour de naissance de Caroline ; elle se rappela cette circonstance, mais n'en parla qu'à moi, en me priant de n'en rien dire : « Personne ici, me dit-elle, n'est intéressé à le célébrer, je préfère qu'on n'en parle pas ; mon père, ma Julia et Charles se le rappelleront et le célébreront peut-être pour la dernière fois. »

Les voitures étant annoncées, Caroline se prépara à quitter son appartement pour la première fois depuis sa maladie ; mais se trouvant incapable de faire un pas sans secours, le comte et moi lui servîmes d'appui. Nous traversâmes les splendides salons où elle avait brillé, il y avait si peu de temps, de tout le lustre de la jeunesse, de la beauté et de la magnificence. Elle se plaignit d'être fatiguée, et s'arrêta pour se reposer quelques momens sur un fauteuil, près de la porte; ses grands yeux abattus se promenaient de tous côtés sur les meubles élégans faits pour elle et d'après son goût parfait; et ce regard donnait l'explication de cet instant de délai; elle prenait congé pour jamais du théâtre de sa gloire évanouie. Sa boîte à ouvrage, en nacre de perle et en bois de rose, était sur une table à sa portée; elle la prit en silence, l'ouvrit, et s'assura si tous ses charmans petits outils étaient en ordre; elle semblait les regarder avec plaisir; elle souleva ensuite ce qui les contenait, et sortit une bande de broderie commencée, y fit un seul point pour fixer l'aiguille, et resserra l'ouvrage en soupirant doucement, puis referma la boîte avec sa petite clef, qu'elle attacha ensuite à la chaîne de sa montre. Je lui demandai si nous

devions la prendre avec nous : Non, me dit-
elle très-bas, mais vous voudrez bien l'envoyer
à Julia avec la montre... J'entends, après....
Elle s'arrêta en voyant entrer lady Margaret
plus solennelle et plus aigre encore qu'à
l'ordinaire, pour avoir, par erreur, attendu
quelque temps dans une autre chambre; elle
venait prendre en toute forme congé de la
comtesse. Dès que Caroline la vit, elle tenta
de se lever; elle tremblait de faiblesse; mais
faisant un grand effort, elle s'approcha de sa
belle-sœur, et prit sa main, qui ne se plia pas
plus que la tête hautaine de la fière lady.

« Adieu, lady Margaret! lui dit Caroline de
sa touchante et faible voix; laissez-moi saisir
cette occasion, la dernière que j'aurai peut-
être de vous exprimer mes regrets des mal-
entendus qui peuvent avoir existé entre nous;
la sœur de lord Egglestone avait droit à mon
respect; je reconnais que souvent j'ai été à
blâmer pour l'orgueil mal placé qui m'excitai

à me venger, quand j'avais le sentiment de
mon innocence, du moins en intention, et
que je croyais voir une prévention injuste;
mais avant que de nous séparer, oublions mu-
tuellement le passé; acceptez ce baiser comme
une preuve de... (de mon pardon, allait-elle
dire); mais elle y substitua *de mon amitié.* »

Un mouvement de remords, et quelque
chose qui ressemblait à l'affection, monta
jusqu'à la gorge de lady Margaret, mais ne
put aller plus loin; elle voulut articuler quelques mots honnêtes, elle ne put que bégayer;
et repoussant tout-à-coup des sensations in-
connues, elle reçut froidement la salutation
amicale de Caroline, et la lui rendit en silence.

Les portes du salon étaient ouvertes, et la
comtesse aperçut tous les gens de la maison,
hommes et femmes, bordant les escaliers pour
la voir à son passage : « J'aurais desiré, dit-
elle, que cet adieu de mes bons serviteurs me
fût épargné. » Pour la première fois, son émo-

tion était évidente; mais le comte qui, même
dans un tel moment, tenait au cérémonial et
aux hommages dus à sa femme, ne voulut
pas les renvoyer, et Caroline poursuivit son
chemin. Pas le plus léger bruit, excepté celui
de nos propres pas, ne se faisait entendre,
lorsque Caroline, appuyée sur le comte, tra-
versa doucement l'étroit passage réservé pour
elle. J'avais été forcée de la quitter; il n'y aurait pas eu place pour trois, et je suivais seule :
le chagrin des domestiques, retenu par le respect, était muet, mais éloquent par leur attitude et leurs larmes.. Quand nous fûmes à la
porte d'entrée, lady Egglestone se retourna;
et, avec une grâce inimitable qui valait plus
que mille paroles, elle fit un signe de tête et
de main, puis prononça lentement le mot
adieu; une parole de plus lui aurait valu une
semonce de son mari; il se contenta de fron-
cer le sourcil. Un murmure général exprimant la douleur se fit entendre; il n'y eut

pas un œil, pas une voix, pas un cœur qui
ne rendît hommage aux vertus et aux charmes
de Caroline.

Lord Egglestone ayant vu qu'une escorte
proportionnée à son rang était prête à suivre
la comtesse, et qu'un nombre suffisant d'é-
quipages portant la couronne et ses armes,
composaient sa suite, eut l'air aussi satisfait
et glorieux que le jour de son mariage. Il prit
congé d'elle et de moi avec affection, et nous
aida à monter dans un landau ouvert, à cause
de la peine qu'avait Caroline à respirer.

Comme nous tournions la porte d'Hyde-
Parc, nous fûmes arrêtés par un carricle contenant une dame et un cavalier, qui firent
halte devant nous. — Bon Dieu ! est-ce lady
Egglestone ? s'écria une voix qu'elle reconnut;
elle souleva faiblement sa tête de dessus le
coussin qui la soutenait, et vit lord Warenden et madame Cleverly, qui la regardaient
tous les deux avec une évidente émotion.

La tête de Caroline retomba en arrière sur le coussin ; elle ferma les yeux ; mais je vis une larme s'échapper de ses longues paupières. Je pris sa main : « C'est passé à-présent, me dit-elle en souriant. Combien je me reprocherais de l'avoir jamais écouté, si mon but ne me justifiait pas à mes yeux ! Mais à quoi cela m'a-t-il servi ? » Elle soupira profondément, puis reprit son calme accoutumé, et son expression semblait dire un long adieu à toutes ses gloires passées.

Sur le soir du second jour, nous arrivâmes au but de notre voyage ; et lorsque lady Egglestone se fut un peu remise de ses fatigues, je crus voir un changement favorable dans sa santé. L'ermitage de mon père, où nous étions établies, était un de ces édifices que la mode du jour se plaît à ranger d'après ses étranges et contradictoires principes : un toit de chaume peu élevé cache tout ce que la prodigalité et le luxe le plus recherché peuvent inventer. Il n'y a rien, dit-on,

Que le diable aime autant, dont il soit plus flatté,
Que de l'orgueil vêtu comme l'humilité.

Il devait être content de notre ermitage. Sous cette apparente simplicité, le goût, la fantaisie, les productions des manufactures de tous les pays du monde, même les plus éloignés, étaient en profusion, et dans une masse incongrue, pour former un bel échantillon de la magnificence rurale d'Angleterre au commencement du dix-neuvième siècle : chaque chambre ressemblait plus à l'intérieur d'un musée, qu'à une maison habitable. Je tâchai d'ajouter quelques moyens de commodités à cet hétérogène *compost;* cette partie avait été complètement négligée, et la nouveauté produisit cette fois le *bien-être*, ce qui est rare. Les balcons espagnols, les corri-

dors italiens, les vestibules grecs,... adaptés à
l'atmosphère anglaise, au moyen de l'extrême
chaleur des poëles allemands et des tapis per-
sans ; les appartemens, déjà suffoquans, en-
combrés de tabourets et de carreaux turcs,
étaient de plus privés d'air, par des nattes por-
tugaises et des jalousies vénitiennes.

Tout, par mes ordres, prit bientôt une apparence plus conforme à nos usages et à la santé de lady Egglestone. Avec quelles délices je
revoyais le sourire du plaisir et de la reconnaissance errer sur ses lèvres ! combien mes attentions étaient récompensées ! Jamais, tant que
je vivrai, je n'oublierai les semaines que j'ai
passées à l'ermitage ; et cependant, ce n'est
que depuis peu que je puis prendre sur moi
de rappeler à ma mémoire ces momens d'où
dérive à-présent ma seule consolation. En me
retraçant ces heures passées à côté de Caroline,
je suis comme une mère qui voit encore dans
ses songes l'enfant chéri qu'elle a perdu ; qui

croit entendre encore sa douce voix; qui voudrait encore se joindre à ses petits jeux, chercher à l'amuser, à le distraire, et, quand elle s'éveille à demi, doute encore si cet être chéri est loin pour toujours.

Il n'y a pas un arbre, pas une fleur qui croisse autour de l'ermitage, qui n'ait sa place dans mes souvenirs, et ne se joigne avec le sien. Ce site en lui-même est délicieux, et je ne résiste pas à en donner une faible esquisse. La maison est située sur le penchant d'une colline, au midi, dont la douce pente forme un demi-cercle qui entoure un vallon retiré. Un petit bois épais d'arbres et d'arbustes, alors en pleines fleurs, remonte aux deux tiers de la hauteur, dont le sommet est couronné par des chênes vénérables : un petit ruisseau s'échappe des sinuosités de la colline, court, en bouillonnant, entre les buissons, et tombe dans un petit lac ou un grand étang, à peu de distance, qui sert d'abreuvoir aux trou-

peaux du voisinage. De ce réservoir ombragé,
mais riant, le ruisseau poursuit sa route gra-
cieuse au milieu de la prairie ; devant l'ermitage, un pont rustique, formé de branches,
le traverse, et conduit à une maison de ferme,
sur la rive opposée, entourée d'un verger de
pommiers, au travers desquels on la voyait
de notre demeure, avec son toit triangulaire,
ses petites fenêtres, sa haute et mince che-
minée s'élançant au-dessus du toit, élégam-
ment ornée de festons de lière, retombant de
tous les côtés : le tout ensemble formait, sur
le premier plan, un charmant tableau cham-
pêtre. A quelque distance, l'horizon s'étendait, la vue planait sur de riches prairies,
de fertiles champs de blé, et un petit hameau,
dont on voyait la fumée bleuâtre s'échapper
en vapeurs ondoyantes des cheminées villageoises, en cachant et découvrant tour-à-tour
l'aiguille blanche du clocher, qui paraît sortir
d'un bois derrière le hameau. Rien ne conve-

nait mieux aux goûts simples de ma chère invalide, et à son rétablissement, que cette délicieuse retraite, solitaire sans être ennuyeuse, et animée sans être bruyante ; mais, dans les premiers temps, ma pauvre amie était incapable de jouir des délices de ce séjour; elle avait à peine assez de force pour être assise une heure ou deux dans la journée, sous l'ombrage d'un bel ormeau, dont le feuillage épais s'étendait au-dessus d'elle comme un dais, et la garantissait de l'influence trop vive de l'air. Mais cet air vivifiant, mais la douce chaleur du soleil de printemps, et plus encore le calme qui régnait autour d'elle, sembla la ranimer par degré ; et, en moins de quinze jours, elle put, montée sur une ânesse, m'accompagner dans quelques promenades rapprochées. Mais, hélas ! cette amélioration n'était que momentanée ; c'étaient les derniers rayons du soleil couchant ; près d'expirer, ils sont moins éblouissans, mais bien plus doux et plus agréables que dans leur splendeur du midi.

Caroline avait reçu de son père, dans ses jeunes années, les meilleurs principes de religion et de morale ; mais elle avait été trop tôt soustraite à l'influence de son exemple, pour que ces principes se fussent fortifiés par la pratique. Quoique lady Barton professât une attention scrupuleuse à toutes les formes extérieures du culte, elle ne comprenait ni ne cultivait la religion du cœur, qui peut seule le purifier, en même temps qu'elle éclaire l'esprit et qu'elle élève l'âme. La société dans laquelle Caroline, si jeune encore, fut jetée à son entrée dans ce qu'on appelle le *beau monde*, était peu calculée pour suppléer à ce manque total de bonnes instructions ; il n'est donc pas étonnant qu'elles se fussent peu-à-peu effacées ou plutôt endormies ; il est même très-probable que, dans ces circonstances, elles eussent fini par s'éteindre entièrement, sans l'affection exaltée qu'elle avait gardée pour son père, qui la conduisit naturellement à conserver le souvenir de ses préceptes , qui se liait à celui de ses années de paix et de bonheur.

Les semences qui avaient été jetées dans cette bonne terre ne furent pas perdues ; elles se mûrirent au moyen des réflexions suggérées par sa maladie; et, quoique le changement des idées et du jugement de Caroline eût été très-rapide, tout indiquait qu'il serait permanent. Le mal et l'accablement l'avaient privée de l'aimable vivacité qui la rendait si piquante ; mais la douceur, la patience, l'égalité d'humeur qui y avaient succédé, la rendaien', s'il est possible, encore plus attrayante. Les charmes séducteurs dont elle était douée , entraînaient tellement naguère, que l'on ne songeait pas à analyser cet enchantement : actuellement, on voyait, à n'en pas douter, que tout s ses actions, toutes ses vertus partaient d'un principe ferme, uniforme, d'une foi en tière aux saints dogmes de la religion ; et l'esprit se délectait en contemplant un si beau modèle de perfection dans une femme aussi jeune et dans une position si brillante. Même ses occupations ordinaires marquaient le changement de ses dispositions ; autrefois elle cultivait ses talens, sinon entièrement par vanité, au moins souvent par le caprice, ou par le plaisir qu'elle y trouvait elle-même ; actuellement elle ne songeait qu'à s'occuper, pour éviter le danger de la paresse et de l'oisiveté, ou à faire quelque plaisir à ceux qui l'entouraient. Souvent je lui voyais faire un effort pour récompenser mes soins et ma sollicitude ; mais, sous son apparente gaîté, on avait le triste pressentiment que son joyeux éclat de rire ne ferait plus battre nos cœurs de plaisir. Jamais aucun murmure ne s'échappait de ses lèvres ; et lors même qu'une douleur subite altérait ses traits, jamais on n'entendait sa voix exprimer une plainte ; quelquefois, il est vrai, une réflexion soudaine remplissait ses yeux des larmes du repentir, bientôt remplacées par le doux sourire de l'espoir et de la résignation. Elle était aussi plus que jamais scrupuleuse d'avoir pour le comte toutes les attentions qu'elle savait lui être agréables ; il ne se passait pas de jour qu'elle ne lui écrivît, quoique la peine que cette occupation lui coûtait démentît souvent ses rapports favorables sur l'amendement de sa santé. Lord Egglestone, en retour, était très-exact à lui répondre quelques lignes, dont à peu-près la seule variante était la date ; cela suffisait, dans son opinion, pour n'avoir aucun reproche à se faire. Il se persuadait à lui-même qu'il était impossible, pour un homme de son importance, de quitter à ce moment la cour et la ville ; et Caroline lui répétait chaque jour ses supplications pour qu'il ne consultât que ses convenances.

J'étais fort tentée d'écrire à M. Bellenden,

pour l'informer de la situation de sa fille ; mais le mariage de Julia avec son cousin Charles avait lieu précisément à cette époque, et je n'eus pas le courage de changer volontairement leur joie en douleur, d'interrompre les courts momens de bonheur dont leur sécurité les laissait jouir ; je ne craignais que trop d'être forcée enfin de la leur ôter pour jamais. Lady Egglestone ne cessait de me conjurer de les laisser dans l'ignorance sur sa maladie, et leur écrivait comme à l'ordinaire. « Hélas ! me disait-elle, il a été si peu en mon pouvoir de contribuer au bonheur de mon bien-aimé père ! je ne puis me résoudre d'être à-présent la seule cause de ses chagrins ; mais promettez-moi qu'il saura après combien je l'aimais, combien je l'ai regretté ! »

Aussitôt que notre arrivée à l'ermitage fut connue dans la contrée, plusieurs familles du voisinage demandèrent la permission de nous visiter ; mais lady Egglestone déclina toutes

les visites, excepté celle du pasteur du village,
qui venait souvent s'entretenir avec elle des
saintes vérités de la religion; elle paraissait y
prendre un grand intérêt. La conversation de
cet honnête ecclésiastique était pleine de bon
sens et d'une vraie piété sans affectation; mais
sa société avait un attrait de plus pour Caroline : il était père d'une nombreuse famille.
Quelques-uns de ses plus jeunes enfans l'ac-
compagnèrent un jour jusqu'à la porte de
l'ermitage. Elle aimait passionnément les enfans : ayant aperçu de sa fenêtre leurs petits
visages roses, elle les appela, et pria leur bon
papa de les amener avec lui quand il viendrait
la voir. Il n'y manqua pas; et leurs caresses,
leurs jeux et leurs propos naïfs adoucirent
bien des momens pénibles. Ces douces petites
créatures lui rendaient de tout leur cœur l'amitié qu'elle leur témoignait. Je n'ai jamais vu
personne s'attirer l'affection des enfans comme
Caroline; je ne sais si ce charme magique te-

nait à la douceur parfaite du son de sa voix,
ou bien à l'expression de sa physionomie, mais
cet attrait avait quelque chose d'irrésistible.
Je les caressais aussi beaucoup; je jouais avec
eux, et il s'en fallait bien que j'en fusse aimée
au même degré! Du moment de leur intro-
duction auprès de la *jolie milady* (c'est ainsi
qu'ils l'appelaient), elle devint l'objet continuel de leurs petites causeries et de leur ému-
lation : «Quand je serai grande, disait l'aînée,
âgée de six à sept ans, je veux dessiner comme
elle, et l'imiter dans tout ce que je pourrai.»
—J'espère, disait la seconde, que mes livres
et mes mouchoirs auront une aussi bonne
odeur que les siens.—Et moi, disait la petite
cadette, quand je serai grande, je veux être
lady *Edesson* elle-même; elle doit être si heureuse! et elle est si bonne!

Le temps passait ainsi; le mois de juillet
commençait, et je continuais à flotter entre
la crainte et l'espoir, un jour me reposant

avec délice et confiance sur quelque apparence plus favorable, et le suivant me repro-
chant cette illusion. Un soir elle étendit sa
main devant la lumière, pour la cacher à ses
yeux, et je remarquai, pour la première
fois, combien elle était maigre et transpa-
rente; je m'apercevais aussi que sa toux était
plus forte et plus continuelle. Cependant,
lorsque je lui demandais comment elle se
trouvait, elle répondait invariablement qu'elle
était mieux. Quelquefois je la trouvais sincère; d'autres fois je soupçonnais qu'elle voulait seulement calmer mes craintes. Un jour,
son médecin ayant ordonné de couper ses
beaux cheveux, pour essayer de lui donner
des forces, je pouvais à peine retenir mon
chagrin, tandis que cette privation lui était, à
elle, très-indifférente. Je relevai avec douleur quelques-unes de ses tresses épaisses, et
si longues, que de sa tête elles touchaient
presque le plancher; elles étaient encore

bouclées, et d'une finesse, d'un lustre admirables. Je les regardais avec tristesse, me représentant comme elles flottaient sur les belles épaules de Caroline, quand elle jouait au volant dans le grand salon d'Egglestone ; et mon cœur était brisé de douleur. Elle comprit quelles étaient mes réflexions : hélas! je pensais que le fil de cette vie, si courte et si brillante, allait aussi être coupé! « Chère lady Anne! me dit-elle en souriant, pourquoi les regrettez-vous? ils ne serviront plus d'ornement à une tête qui peut-être en était orgueilleuse; mais ils me rappelleront à l'amitié, et vous voudrez bien en garder quelques tresses; cette idée me flatte plus, croyez-moi, que l'admiration qu'ils ont excitée.—Ah! chère et aimable Caroline!

Peu de temps après, je repris un peu d'espoir : la comtesse parut desirer d'avoir sa harpe, et la fit venir de Londres. Il me parut que c'était une preuve qu'elle sentait graduel-

lement revenir ses forces. Elle la vit arriver
avec satisfaction; presque incapable de l'accompagner de sa voix, elle semblait trouver
du plaisir à en tirer quelques mélodieux
accords.

Une belle soirée de clair de lune, elle la
pinçait assise près de la fenêtre. J'avais ouvert
les jalousies et écarté les bougies, pour jouir
du charmant tableau doucement éclairé. Il
paraissait que cette scène donnait une inspi-
ration extraordinaire à Caroline; si délicieux,
si inimitables étaient les sons qu'elle tirait des
cordes de l'instrument, si faiblement tou-
chées qu'on aurait dit qu'ils venaient de fort
loin. Tout-à-coup, au milieu de l'un des
passages les plus pathétiques, elle s'arrêta
subitement dans une grande agitation : « Il
m'a semblé, me dit-elle d'une voix entrecoupée, que je voyais... oui, j'ai vu la figure de...
d'un homme qui se promenait sur le gazon. »

Je compris sa pensée, et m'approchai de la

fenêtre ; mais je ne vis rien, et je l'assurai
que c'étaient les longues branches de l'ormeau
qui se balançaient, et que la lumière douteuse
de la lune l'avait trompée. Elle me crut, et,
après une courte pause, elle reprit sa harpe.
Elle avait perdu la mélodie qu'elle improvi-
sait ; mais, par degrés, ses cordes firent entendre la ritournelle simple, et plus touchante
que je ne puis l'exprimer, d'un air qu'elle avait
composé pour les belles stances de Colardeau,
poëte français qu'elle aimait beaucoup ; quoiqu'elles soient très-connues, je ne puis résister au desir de les transcrire. Que ne puis-je
de même donner une idée de son regard dirigé sur moi, dans les *Couplets sur l'Amitié* !
c'est un souvenir qui ne m'abandonnera jamais :

> Bientôt j'ai vu de mes jeunes années
> L'astre pâlir au milieu de son cours ;
> Et lentement la main des Destinées
> Tourne à regret le fuseau de mes jours.

Mais l'amitié peut, par son éloquence,
Calmer des maux qu'elle aime à partager;
Et, chaque jour, ma pénible existence
Devient, près d'elle, un fardeau plus léger.

Jusqu'au tombeau si son appui me reste,
Il est encore des plaisirs pour mon cœur:
Et ce débris d'un naufrage funeste
Pourra, lui seul, me conduire au bonheur.

Quand l'infortune ôte le droit de plaire,
Intéresser est le bien le plus doux;
Et l'amitié nous en devient plus chère,
Lorsque l'amour s'envole loin de nous,

A cette dernière ligne un long et profond
soupir fut distinctement entendu; involontairement elle recula sa harpe et s'éloigna de la
fenêtre: je me levai aussi, et nous vîmes un
homme qui était caché sous l'ormeau, se
glisser plus loin avec la rapidité de l'éclair.
Le trouble de Caroline était extrême; elle se

pencha sur mon épaule, pouvant à peine se soutenir : —Cela ne doit pas être, murmura-t-elle faiblement ; il ne le faut pas ; il m'a donc refusé ce que je lui demandais si instamment ! Il n'est pas au pays de Galles : il faut, il faut qu'il s'éloigne ! » Elle se tut. Je ne compris que trop ce qu'elle me demandait ; je sonnai les domestiques ; je fis fermer les fenêtres, les rideaux, et éclairer l'appartement. Je la plaçai sur son lit de repos, et je la quittai.

Je restai absente une heure ; quand je rentrai, elle me tendit la main en silence ; mes yeux étaient rouges et mon cœur oppressé ; mais elle n'eut pas l'air de le remarquer, et ne fit aucune observation. En nous quittant pour la nuit, je lui dis, en l'embrassant, que notre solitude ne serait plus interrompue ; elle me serra la main, deux larmes coulèrent sur ses joues, mais le nom d'Orlando ne fut pas prononcé : par une convention tacite entre nous

deux, il ne l'était jamais, et les billets déchi-
rans que je recevais de lui, étaient pour moi
seule. Hélas! je venais de lui faire sentir la
nécessité d'obéir aux ordres de Caroline.

CHAPITRE XXV.

Dans une brûlante et sombre soirée d'août, qui semblait présager un orage, un voyageur à pied descendait seul les rudes et rapides côtes d'une des montagnes du pays de Galles.

C'était Orlando Percy; son costume négligé, ses cheveux en désordre, sa physionomie altérée par le chagrin, le rendaient si méconnaissable, que ses plus intimes amis auraient eu peine à le reconnaître; cependant il avait encore ce port distingué, cette démarche noble, cette ligne de beauté mâle qui perçaient au travers de sa pâleur et de l'abattement de son âme. Ne le plaignez pas! il a souffert profondément, mais il a beaucoup erré; et ce n'est pas aux mortels à décider sur la proportion entre l'expiation et l'offense.

Les nuages s'amoncelaient à l'horizon ; ils devinrent plus noirs et tellement rapprochés, qu'ils cachaient entièrement l'étroit sentier en zig zag sur lequel il marchait ; le tonnerre roulait continuellement, répété par les échos des rochers ; la pluie commença à tomber en torrens, et le pauvre Orlando n'apercevait pas encore le village de Langwyrd, qu'on lui avait dit être situé au bas de la colline. En traversant l'affreux marais qui régnait le long du sommet de la montagne, sa voiture avait eu un fâcheux accident qui l'empêchait d'avancer ; avec cette espèce d'impatience qui suit toujours le chagrin, il préféra gagner à pied l'auberge du village, et envoyer de là quelqu'un pour aider à ses gens à la réparer ; mais actuellement il se repentait de n'avoir pas chargé son domestique de ce soin. Le chemin était devenu presque impraticable, la pluie continuait sans relâche, et la nuit était presque close ; des buissons épais et inextri-

cables obstruaient la route, remplaçaient les
bruyères, et couvraient à demi les rochers,
dont le sommet était seul visible. Quelquefois
le bruit d'une chute d'eau indiquait un danger qu'on ne pouvait éviter, et de temps
en temps la flamme subite et passagère des
éclairs illuminait un instant l'effrayante scène,
laissait apercevoir les masses de rocs pen-
dantes sur l'abîme, et semblaient menacer
d'une fin prochaine l'imprudent voyageur
égaré dans cette contrée sauvage. Mais le
courage et le désespoir sont quelquefois syno-
nymes, et une parfaite indifférence de la vie
devient souvent un moyen de préservation.
Percy sans aucune crainte, parce qu'il lui
était égal de mourir, poursuivait à tout hasard
sa périlleuse route, grimpant de rocs en rocs
et sur des rebords qui semblaient trop étroits
pour le pas d'un homme, saisissant quelquefois les rameaux plians des frênes des montagnes
pour se soutenir : il atteignit enfin le bas de la

pente escarpée, et prenant alors le cours du
ruisseau pour guide, car il avait perdu toute
trace de sa route, il le suivit du côté qu'il
supposait pouvoir le diriger vers le village.
Après beaucoup de peine et de difficultés, il
aperçut une lumière éloignée; à mesure qu'il
approchait, il en voyait un plus grand nombre, qui lui donnèrent la certitude qu'il n'était
pas loin du lieu de sa destination; mais son
embarras augmenta plutôt qu'il ne diminua,
lorsqu'il découvrit que le hameau était situé
sur la rive opposée du ruisseau, devenu alors
une petite rivière assez rapide. Incertain de
sa profondeur, il ne voulut pas se hasarder de
la traverser à gué; étant aussi près des secours, car il voyait alors distinctement des
gens passer sur l'autre rive entre lui et les
lumières, il cria pour qu'ils vinssent à son
secours, ou qu'on lui indiquât la place où la
rivière pouvait être traversée, ou sur un pont
ou à gué. Soit que le bruit de l'eau étouffât le

son de sa voix, soit que ces bons et paresseux
Gallois fussent trop occupés de leurs affaires
pour l'écouter, personne n'eut l'air de l'entendre, et peut-être ne lui auraient-ils été
d'aucune utilité, n'entendant pas leur langage.
Ne sachant que faire, il allait à tout hasard se
jeter dans l'eau, et tâcher de lutter contre le
torrent, quand il vit arriver à l'auberge sa
voiture avec les lanternes allumées, et s'aperçut de l'empressement de l'hôte en recevant
cette bonne aubaine; il distingua son fidèle La
Fleur, et put juger par ses gestes qu'il s'in-
formait si son maître était arrivé, et se désespérait d'une réponse négative. Orlando alors
répéta ses cris, appela La Fleur de toute la
force de ses poumons, et vit bientôt qu'il était
entendu. Des guides avec des flambeaux de
poix-résine furent prêts sur-le-champ, et quelques minutes après le bon La Fleur fit des
cris de joie d'avoir retrouvé son maître, et
puis s'affligea de l'état piteux dans lequel il

était; ses habits, déchirés par les broussailles,
étaient trempés d'eau ainsi que ses cheveux.

— Venez, venez vite changer d'habits,
monsieur, lui disait La Fleur dans son mauvais
anglais; c'est ce qu'il y a de plus pressé; et
bientôt en passant un peu plus bas par un
pont de Lois, ils furent dans la cour de l'auberge du Soleil, et dans la meilleure des mau-
vaises chambres. Quand Orlando fut séché et
rhabillé par les soins de La Fleur, il le ren-
voya, et s'asseyant devant une table, il sortit
quelques lettres de son porte-feuille; c'étaient
celles de sa cousine lady Anne Macpharland,
toutes datées du dernier mois et de l'Ermitage; mais il semblait qu'elles étaient toutes
écrites en traits de feu dans son cœur, tant
l'impression qu'il sentait en les relisant était
profonde et douloureuse. Il les lut plusieurs
fois, surtout les passages où sa cousine lui faisait sentir la nécessité de s'éloigner de Caroline, et de remplir ses engagemens avec Maria;

il semblait que ses ordres seuls pouvaient lui
donner le courage nécessaire pour ce qu'il
avait promis d'exécuter.

Accablé par la violence de ses sentimens et
par l'émotion de cette lecture, il repoussa les
lettres, croisa les bras sur la table, et y posant sa tête brûlante, il tomba dans une profonde méditation, dont il fut tiré tout-à-coup
par les sons d'une harpe qui frappèrent ses
oreilles, dans la mesure gaie d'un rill irlandais.
Le contraste de ce qu'il éprouvait dans ce moment, le souvenir du même instrument qu'il
avait entendu si peu de temps auparavant
d'une manière si différente, c'était trop pour
le supporter; il se leva brusquement, ouvrit la porte, et jetant sa main pleine d'ar-
gent au pauvre harpiste gallois, qui croyait
amuser beaucoup le lord étranger, il lui dit
avec l'accent de la colère : — Allez, allez!
pour l'amour du ciel, allez-vous-en, et que
je n'entende plus de ma vie les sons d'une

harpe. Le pauvre homme étonné remit l'instrument sur son dos, secoua la tête, et partit.
Orlando referma la porte ; des réflexions
amères s'élevèrent dans son esprit : il se promena vivement, en s'écriant à haute voix :

Ne plus entendre de harpe ! ai-je dit ; Maria Ogilvie a une harpe aussi, et ne suis-je pas
ici pour l'épouser! ne dois-je pas entendre les
sons d'une harpe et toute la joie d'une noce!
ne l'ai-je pas promis!... et un rire convulsif
s'échappa de ses lèvres. Une espèce de résolution désespérée succéda à cet égarement : il
revint près de la table, replia et cacha les
lettres qu'il venait de relire ; puis ôtant de
son bras le bracelet que Caroline lui avait
donné lorsqu'il partit du chateau d'Egglés-
tone, il le baisa avec ardeur, et le mettant
dans la même enveloppe que mes lettres, il
cacheta le tout ensemble, replaça le paquet
dans son porte-feuille, après avoir écrit mon
nom sur l'adresse ; puis il se jeta sur le lit, et

chercha à oublier dans quelques heures de sommeil, et son sentiment et sa misère.

Le lendemain matin, il fallut bien aller à Langwyrd; il s'était informé de la distance de l'auberge à la maison : ayant calculé le temps qu'il lui fallait pour les cinq milles qui le séparaient encore de sa fiancée, il attendit que l'heure fixée pour son départ sonnât, comme un criminel attend le moment de son exécution. Il avait écrit à madame Ogilvie avant que de quitter l'Angleterre, en lui apprenant son intention d'aller à Langwyrd; et quoiqu'il n'eût pas reçu de réponse à cette lettre, il n'avait aucun doute qu'il ne fût attendu et le bienvenu : s'étant une fois décidé à remplir ses engagemens, il desirait de ne pouvoir plus s'en dédire, et il était parti sans délai.

C'était pour la première fois que Percy allait à Langwyrd; Maria lui en avait parlé comme d'une demeure très-simple, mais *comfortable*. Il y a cependant à parier que

s'il avait été moins absorbé, il aurait été frappé désagréablement de son apparence exté-
rieure : c'était une grande maison bâtie en
briques, il y avait au moins six ou sept siècles.
Quoiqu'il fût facile de voir que c'était le ma-
noir d'une grande propriété, on n'y trouvait ni
la magnificence féodale des anciens châteaux,
ni l'élégance et le fini d'une maison de campagne moderne : le toit, couvert de bardeaux,
et presque perpendiculaire, était en ligne
droite avec le mur de la maison, sans le dé-
border. Au-dessus de la porte d'entrée, un
fronton présentait les armes de la famille
Ogilvie, du moins autant que le plâtre sur lequel elles étaient sculptées avait résisté aux
ravages du temps ; de chaque côté étaient des
lucarnes en œil de bœuf. La coutume universelle de l'époque où cette ancienne maison avait
été bâtie, de placer l'habitation dans l'endroit
le plus abrité, et par conséquent le plus triste
du domaine, avait été rigidement observée :

un bois de pins épais la garantissait du vent du
nord ; la grande face était tournée à l'est, et le
peu de rayons du soleil qui auraient pu y pénétrer, au-dessus de la colline qui s'élevait au
midi, étaient interceptés par une avenue
d'arbres à demi morts, qui, dans leurs vains
efforts pour se garantir de l'orage, avaient
perdu la moitié de leurs branches et de leur
feuillage. Ayant traversé cette avenue triste
sans être grande, Percy arriva devant la porte
de la maison ; une moitié était vitrée ; au bout
d'un long corridor, une porte semblable laissait voir une allée droite et gravelée corres-
pondant à l'avenue, et séparant deux com-
partimens de gazon. Il n'y avait à la première porte ni marteau ni aucun moyen
pour les arrivans de signaler leur approche,
et de se faire annoncer ; nul être humain ne
se faisait voir. Cependant une petite fille, en
costume de paysanne galloise, vint guigner
au travers de la fenêtre, avec le plaisir et l'é-

tonnement peints sur ses traits, à la vue d'un
beau carrosse. Mais ayant satisfait un instant
sa curiosité, sans écouter même la question
du domestique, pour savoir si mesdames
Ogilvie étaient visibles, elle disparut, et une
autre pause suivit. Elle fut interrompue par
les coups de manche du fouet de l'impatient postillon contre la porte d'entrée : une
porte de côté s'ouvrit ; il en sortit une femme
avec un vase pour porter de l'eau ; sans
même regarder la voiture, elle alla, d'un
pas délibéré, vers un puits qui, sous la forme
d'un lion mutilé, faisait le plus bel ornement
de la cour pavée au milieu de laquelle elle
était. La bonne femme agitait la pompe avec
zèle, et, malgré le bruit affreux qui en résul-
tait, semblait disposée à répondre aux inter-
rogations du postillon par un nombre égal de
questions en gallois qu'il ne comprenait pas
plus qu'elle son anglais. Enfin, un grand épa-
gneul aboyant, précédant un gros domestique

en livrée marchant à pas mesurés, parurent à
la porte; Percy sortit de la rêverie où il était
plongé; il descendit de sa chaise de poste,
s'arrêta à peine pour décliner son nom, et
suivit immédiatement le domestique, qui se
retournait à chaque instant pour l'examiner.
Après avoir traversé plusieurs corridors, il
ouvrit la porte d'une chambre dans laquelle
était miss Ogilvie; en deuil, Orlando aurait
eu peine à la reconnaître; sa figure lui parut
massive et commune, son habillement sans
aucune élégance; en tout il la trouva très-en-
laidie : c'était peut-être l'effet de la comparaison avec l'objet continuel de ses pensées.

Elle était entourée de plusieurs petites filles
semblables à celle qui avait paru à la fenêtre
de l'entrée; par leurs habits et leurs occupations, Orlando put comprendre que c'étaient
de jeunes villageoises que Maria instruisait.
A l'entrée de Percy, elles se levèrent toutes,

firent une petite révérence, et s'échappèrent
gaîment.

Maria regardait avec étonnement celui qui
entrait; en reconnaissant Orlando, elle devint très-pâle; elle voulut se lever, mais son
tremblement l'obligea à se rasseoir. Percy s'approcha d'elle; et, plaignant son évident embarras, il lui dit avec l'accent de l'amitié :
Ne m'attendiez-vous pas, miss Ogilvie? suis-je
importun?

— Non.... oui.... non... je ne vous attendais pas, M. Percy..... William, dites à ma
mère que M. Percy est venu; et, se remettant
peu-à-peu de son trouble, elle invita Orlando
à s'asseoir.

C'était actuellement à son tour d'être confus; il balbutia qu'il avait écrit à madame
Ogilvie, pour lui demander la permission de
venir à Langwyrd, mais qu'il n'avait pas attendu la réponse; il ajouta quelques mots de
regrets de ce que cette permission avait été si

retardée, et de plaisir de revoir Maria ; mais ce mot de *plaisir* fut dit si tristement, et suivi d'un si profond soupir, que la contradiction l'emportait sur l'assertion. Pendant qu'il articulait des phrases presque inintelligbles, la physionomie de Maria changeait à chaque instant, exprimant tour-à-tour la surprise, l'incrédulité, et enfin lorsqu'il prononça plus particulièrement, une forte nuance de fierté et de mépris. Quand Orlando se tut, elle se détourna avec un regard presque indigné ; mais le soupir qui termina ce qu'il disait était si triste, même si douloureux, qu'il arrêta le reproche sur les lèvres de Maria, dont les yeux se fixèrent encore involontairement sur lui ; seulement alors elle remarqua ses traits altérés, sa maigreur, son abattement, et la mélancolie peinte sur ce visage qu'elle avait vu si animé, si plein de vie et de santé : la colère fit place alors à la pitié. Combien il devait avoir souffert, pour qu'un si grand change-

ment se fût opéré en si peu de temps ! Le mépris qui, l'instant avant, contractait les sour-
cils de Maria, céda doucement à un sentiment presque semblable à celui qu'elle avait
éprouvé en le quittant avec le pressentiment de ne plus le voir ; il était à-la-fois profondément triste et très-tendre. Elle se rap-
procha de lui, et lui tendit la main : Orlando,
lui dit-elle comme autrefois.... M. Percy,
vous souffrez, vous êtes bien fatigué ! n'avez-
vous pas besoin de quelques rafraîchissemens,
après votre long voyage ?

Sa voix, sans être aussi mélodieuse, aussi
douce que celle qui résonnait encore au fond
de son cœur, avait du moins l'attrait d'une touchante sympathie. Il posa ses lèvres sur la main
de Maria, qui pressa faiblement la sienne, et
un soupir plus pur, mais non moins profond
que celui qu'il avait excité, s'échappa de son
sein oppressé ; mais avant qu'Orlando pût répondre à son attention hospitalière, le gros

domestique rentra, et prononça d'un ton
grave et positif : Madame Ogilvie m'a ordonné de dire qu'elle n'est pas à la maison pour
M. Percy.

Le sens de ce message était si clair et si sévère, pour ne rien dire de plus, qu'on ne
pouvait s'y méprendre. Orlando, repoussant
la main de Maria, qu'il tenait encore, se leva
avec un geste d'indignation ; mais Maria, rou-
gissant, s'écria d'un ton pressé : « C'est une
erreur ! il y a sûrement une méprise ! Excusez-
moi pour un moment ; restez là, je vous en
conjure ! je veux dire à ma mère, je veux lui
expliquer... » Elle se précipita vers la porte,
et de là, se retournant du côté d'Orlando avec
un sourire si amical, si naturel, si doux, qu'il
en fut touché, et se rassit en lui disant :
« J'attendrai votre retour, et j'espère voir
madame Ogilvie. »

— Oh ! sûrement, bien sûrement ! lui dit-
elle ; je veux lui donner le plaisir de recevoir

un aussi ancien ami que M. Percy, dans quelque circonstance que ce soit..... Elle sortit
promptement.

Percy resta quelques momens enseveli dans
ses réflexions; son propre cœur lui apprenait
à comprendre et même à excuser la répugnance de madame Ogilvie pour le revoir; et
sa conscience lui faisant sentir qu'il le méritait, ajoutait encore d'amères angoisses à toutes celles qui l'avaient accompagné de Londres
à Langwyrd. Naturellement ardent, impétueux et plein d'une noble fierté, ce ne fut
pas sans éprouver beaucoup de peine qu'il
parvint à maîtriser le sentiment que le message de madame Ogilvie avait excité; c'était
une rupture prononcée de la manière la plus
offensante, et probablement il ne fallut pas
moins que les motifs impérieux qui l'avaient
fait consentir à venir à Langwyrd pour l'engager à y rester un instant de plus. Au premier moment, il trouvait que ce qu'il faisait

pour Maria, en consentant à rester après un
tel affront, effaçait tous ses torts passés, et
les rejetait même sur madame Ogilvie. Mais
si Orlando était impétueux, il était aussi d'une
fermeté inébranlable sur ce qu'il avait une
fois résolu avec l'intime conviction que c'était
son devoir; et rien alors ne pouvait l'en détourner. Il avait déjà anticipé par la pensée
sur toutes les misères qui l'attendaient, en
renouvelant l'offre d'épouser miss Ogilvie; il
avait même senti un degré de satisfaction désespérée en en faisant l'énumération, très-exa-
gérée et même improbable, avec une avidité
de chagrin que les gens malheureux éprouvent
quelquefois; il s'était représenté tous les plans
de conduite que Maria pourrait adopter. Dans
un moment, il se la peignait donnant l'essor
à toute la rage de la jalousie, et l'accablant de
reproches mérités; dans le moment suivant,
il la voyait bonne, confiante, indulgente, affectionnée comme elle l'avait toujours été.

desirant d'être trompée, et crédule sur le
sentiment qui le portait à venir volontairement s'offrir encore. Mais en réfléchissant
sur sa manière actuelle, la seule qu'il n'eût
pas imaginée, il apercevait un mélange d'orgueil et de pitié, de bonté et d'indifférence,
qui le blessaient également; il trouvait un
nouveau chagrin dans la possibilité de s'être
trompé sur son caractère, et d'être forcé de
diminuer même quelque chose de son estime.
En tout, et pour l'extérieur et pour la manière, il la trouvait différente de ce qu'il
avait attendu, et cette différence n'était pas
à l'avantage de Maria.

Une résidence de neuf mois dans la partie
la plus retirée du pays de Galles, sans aucun
modèle ni motif d'élégance, ne voyant que
ses vieux parens et des paysans à demi sau-
vages, avait donné à sa tournure, et même
à ses traits, un peu de rusticité et quelque
chose de vulgaire, qui le frappait à-présent,

et qu'Orlando n'avait pas remarqué à Bring-
thon, où il la trouvait presque jolie, ou du
moins agréable. Sa toilette, excessivement
simple, et sûrement très-commode, était totalement privée de goût; elle avait grossi et
en même temps perdu de sa fraîcheur, ce qui
n'était pas étonnant, après la maladie et la
mort de son père, et les chagrins de son
cœur; sa personne manquait de ce que les
Français désignent par le mot à la mode,
mais expressif, de *tournure,* de *grâce;* et
c'est précisément ce que pouvaient le moins
pardonner des yeux accoutumés à sentir leur
irrésistible charme. Il était très-naturel que la
vue de Maria Ogilvie retraçât avec la plus
grande force, par la réunion des contrastes,
à l'esprit et au cœur d'Orlando, l'idée de lady
Egglestone et de toutes ses perfections : combien cette pensée et cette comparaison de-
vaient-elles nuire à la pauvre Maria!

J'ai souvent pensé que la beauté séduisante

de lady Egglestone et tout son attrait ne pouvaient être justement appréciés que par un
contraste avec d'autres femmes ; l'une est
belle, l'autre est jolie, une troisième pleine
de feu et de mouvement ; l'une brille par son
esprit, par ses reparties ; l'autre plaît par
sa douceur et sa bonté : Caroline seule réu-
nissait tout ce qui plaît, tout ce qui enchante,
tout ce qui captive et attache à jamais. Il est
vrai que, vingt fois dans un jour, elle semblait
se contredire elle-même par la réunion de
tant de qualités différentes ; on aurait dit
aussi quelquefois qu'elle prenait quelque chose
du caractère de ceux avec qui elle s'entrete-
nait ; mais cela ne servait qu'à donner une
preuve plus forte de son pouvoir irrésistible.
Semblable aux teintes inimitables de l'arc-en-
ciel, elle communiquait faiblement son éclat
sur chaque objet qui l'entourait.

CHAPITRE XXVI.

Orlando faisait peut-être les mêmes réflexions ; il était absorbé dans sa mélancolie, quand son attention fut réveillée par les pas d'un homme : la porte s'ouvrit, et sir Georges Montgomery entra dans la chambre comme s'il rentrait chez lui ; il tressaillit à la vue de Percy, changea de couleur, et demeura immobile sur le seuil de la porte. En l'apercevant, le premier mouvement d'Orlando fut d'aller à lui avec toute la chaleur de leur ancienne amitié ; mais, remarquant la contenance de Montgomery, il s'arrêta. Les insinuations de madame Cleverly lui revinrent à l'esprit ; il fronça le sourcil, et resta aussi immobile, son regard fier et scrutateur attaché sur Montgomery. Celui-ci rompit le premier le silence : « Je ne m'attendais pas à vous

trouver à Langwyrd, Percy ! » lui dit-il avec
une forte nuance de mécontentement.

—Et sans doute vous ne le desiriez pas ?
reprit Orlando du même ton. Sir Georges le
regarda aussi fixement ; puis, fermant la porte,
il alla à la fenêtre, qu'il ouvrit un moment
pour respirer et reprendre ses sens ; il revint
ensuite près d'Orlando. « Je devrais, monsieur,
desirer de vous voir, lui dit-il ; car le plus tôt
que nous nous entendrons l'un l'autre sera le
mieux ; votre conduite avec miss Ogilvie demande une explication.

—Je ne dois compte à personne de ma
conduite, monsieur, qu'à miss Ogilvie seule ;
mais puis-je vous demander à quel titre vous
semblez attendre que cette explication vous
soit adressée ?

—A celui d'un homme d'honneur, monsieur, répliqua sir Georges avec beaucoup de
feu, qui est indigné d'une conduite à-la-fois
indélicate et cruelle ; à celui d'un ami de miss

Ogilvie, qui se sent autorisé, par cette amitié, à demander satisfaction des injures qu'elle a reçues, lorsqu'elle n'a ni un père ni un frère qui puissent la venger.

— Votre langage, sir Georges, lui dit Orlando froidement, n'admet, ce me semble, qu'un seul mode de *satisfaction*, et je suis prêt à vous la donner quand vous le voudrez.

— Le plus tôt sera le mieux, répliqua Montgomery avec une espèce de fureur ; vous recevrez dans un instant ma demande positive.

Il se préparait à quitter la chambre, mais Orlando l'arrêta en lui disant, sans élever la voix ni changer d'attitude : « Nous pouvons tout aussi bien, sir Georges, tout arranger dans le moment ; j'ai entendu votre défi, et je l'accepte ; aucune autre formalité n'est nécessaire. Quant aux seconds, je suis ici complètement étranger ; je n'y connais personne : ainsi voulez-vous que nous nous rencontrions

seuls, ou dois-je emmener un de mes gens?
Ce sera comme vous voudrez.

Sir Georges sentit un serrement de cœur
qu'il voulut cacher ; il ne répondit rien. Percy
ajouta avec fermeté : Le délai n'est point nécessaire et ne sert à rien ; décidez !

— Amenez donc votre valet-de-chambre à
six heures du soir, répondit sir Georges d'une
voix moins ferme.

— Où? dans quelle place? demanda Orlando.

— Où il vous plaira, répondit Montgomery.
Orlando parla d'un petit bois qu'il avait traversé entre l'auberge et Langwyrd. Sir Georges
y consentit. — J'y serai à six heures, dit Orlando gravement et se détournant d'un autre
côté.

— A six heures donc, répéta Montgomery,
et il sortit brusquement.

Il était à peine parti, que madame Ogilvie,
appuyée sur le bras de Maria, entra par une

autre porte. Son profond deuil de veuve, sa
pâleur, son abattement frappèrent Orlando ;
il se rappela ce mot de sir Georges , sur la situation de ces femmes sans appui, sans dé-
fenseur, et il éprouvait quelque chose de semblable aux remords.

Madame Ogilvie s'assit en silence ; il s'approcha d'elle , et, avec un accent très-ému,
il lui dit : — Je mérite vos reproches, madame ; je ne suis point venu pour justifier ma
conduite, mais pour reconnaître mes torts,
et, s'il est encore possible , pour les réparer.

Madame Ogilvie regarda sa fille ; la respi-
ration élevée de Maria, et la variation de son
cint, indiquaient son agitation : celle de madame Ogilvie augmentait ; elle parlait avec dif-
iculté. — Jamais, M. Percy, disait-elle d'une
voix tremblante , je ne vous aurais cru…. ca-
able de….. ; mais je ne veux pas vous faire
le reproches….. Je ne prévoyais pas, quand
ous nous séparâmes, comment nous nous

rencontrerions..... Mais répondez seulement
à ceci : avez-vous reçu une lettre de Maria
que je vous envoyai au château d'Egglestone,
sous le couvert de madame Minden, pour
qu'elle vous parvînt plus sûrement?

—Jamais, madame, dit Percy vivement ;
jamais cette lettre ne m'est parvenue.

Les sanglots de Maria se firent entendre.

Sa mère s'arrêta un moment, puis elle dit:
— Je vous crois, M. Percy, et je vais vou
laisser faire vos explications à ma fille.
Maria, ma chère enfant, je me fie à votre
cœur, à votre jugement; tout ce que vous dé
ciderez sera bien. Puisse le père des orphelin.
vous guider pour le mieux !

Cette tendre et vénérable mère leva au cie
ses yeux humides, en silencieuse prière, pui
fit un effort pour se lever; mais Maria la re
tint d'une main, tandis que l'autre cachai
son visage. Orlando comprit son sentiment e
le respecta. —Restez, madame, dit-il, puis

que Maria semble le desirer ; je suis venu pour
confesser mes erreurs à toutes deux, et je ne
rougis pas de vous avoir pour témoin de mon
repentir.

Je vous ai offensée, Maria, grièvement offensée ; mais ma faute fut involontaire, et elle
était inévitable. Depuis que nous fûmes séparés, j'ai donné à une autre femme cet amour,
ce cœur qui devaient n'appartenir qu'à vous ;
peu-à-peu je me suis attaché..... jusqu'au
point de la passion la plus violente... à... à...
mais qu'importe ? à quoi sert de la nommer ?
je ne la reverrai jamais. A ces mots, sa voix
faiblit pour la première fois ; il s'arrêta un
moment ; puis, prenant la main de Maria,
il ajouta avec une voix plus ferme : Chère
Maria ! si vous pouvez accepter ce qui reste
d'un cœur brisé ; si vous ne voulez pas rejeter
des sentimens qui ne peuvent jamais s'altérer,
une estime sans borne, une amitié sincère,
une vive reconnaissance, laissez-moi me flatter

qu'avec le temps vous me rendrez la place
que j'occupai dans vos affections ; mais je ne
réclame aucun droit d'après les engagemens
qui ont existé entre nous : vous m'avez promis
votre main ; vous êtes libre de la retirer ; je m'en
remets seulement à votre indulgence. Si vous
voulez m'accepter encore pour votre époux,
pour le compagnon de votre vie, désormais
mon seul bonheur, ma seule étude seront de
vous faire oublier mes erreurs, et de com-
penser l'amour qu'il n'est plus en mon pouvoir de donner, par tout ce qui dépendra de
moi. Maria! vous connaissez mon caractère
presque aussi bien que je me connais moi-
même; vous savez que je suis incapable de
tromper, et que si je vis..... Ce mot lui rappela tout-à-coup ce qu'il avait complétement
oublié, son duel avec Montgomery, et que
dans qu lques heures peut-être il n'existerait
plus; il s'arrêta subitement. La pauvre vieille
dame Ogilvie tremblait d'agitation ; mais Maria

s'était calmée, et, presque avec sa tranquillité
ordinaire, elle rompit le silence. Sa voix était
d'abord un peu tremblante; mais, par degrés,
elle se raffermit.

—Oui, je vous connais, Orlando, lui dit-
elle; je sais que vous possédez les sentimens
les plus nobles et les plus généreux. Dès mon
enfance, on m'apprit à vous considérer comme
mon futur époux; mon cœur céda, sans effort
et sans crainte, à un attachement que je regardais comme sacré. Ne me remerciez pas,
Orlando, ne m'interrompez pas; je parle
seulement du passé. Naturellement confiante,
la possibilité que cet attachement ne fût pas
mutuel, se présenta à peine à mon esprit.....
Par degrés mes opinions changèrent, mon
heureuse sécurité s'évanouit; je vous vis ad-
miré, flatté, et pardonnez-moi si j'ajoute attiré par toutes les femmes que vous rencon-
triez.... Oui, Orlando, je n'étais plus aveugle,
mais j'étais tranquille; et cet empressement

pour obtenir vos attentions, vos hommages,
leur donnèrent peut-être un prix de plus à
mes yeux. Je voyais aussi, j'étais sûre alors
que les petites vanités, les prétentions, les
avances de femmes frivoles ou coquettes,
n'avaient pas le pouvoir de fixer un cœur tel
que le vôtre; vous vous en amusiez quelque
temps, et vous reveniez toujours à moi : je
m'efforçais de mériter votre estime et votre
amitié; croyant que je les possédais, j'osai
me flatter que, revenu de votre inconstance
de jeune homme, nous pourrions encore être
heureux. Ici elle s'arrêta, et soupira profondément : Percy soupira aussi en silence. Après
deux ou trois minutes, elle reprit avec un
ton plus précipité : J'avais une telle confiance
en votre honneur, en vos principes, que j'é-
tais sûre que vous ne demanderiez pas ma
main, si votre cœur n'était pas libre; je savais
que je ne possédais ni grâces, ni beauté, ni
perfection dans aucun genre, mais je connais-

sais mon cœur; et vous aimant comme je le faisais, je pensais que si notre union avait lieu, je pourrais rendre votre intérieur domestique heureux et tranquille, si je ne le rendais pas élégant. Dans cette croyance, j'acceptai, sans balancer, vos propositions en septembre dernier; mais, je vous l'avoue, Orlando, mes opinions sont tout-à-fait changées; la fortune ou le sort ont jeté sur votre chemin une femme qui mérite à tous égards votre amour, et qui, plus qu'aucune autre, est faite pour l'obtenir. Actuellement, Orlando, c'est pour notre bonheur à tous deux que le lien qui subsistait entre nous doit être rompu pour jamais; je vous rends votre liberté et je reprends la mienne; nous n'en serons pas moins encore et toujours amis, ajouta-t-elle avec un tranquille et presque mélancolique sourire.

—Généreuse fille! s'écria Orlando, saisissant la main qu'elle lui tendait avec une ardente reconnaissance; mais, Maria, ne dites pas ainsi; il faudrait que je fusse un insensé, si je n'étais pas heureux en possédant une femme avec un cœur et un jugement aussi exquis.

Dans ce moment, il sentait ce qu'il disait, et derechef l'idée de son prochain combat s'éloignait de sa pensée. Mais Maria pénétrait dans son âme au milieu de son agitation, et ne se trompait pas. — Orlando, lui dit-elle, vous êtes monté par l'enthousiasme du moment, mais je ne le suis pas; j'ai réfléchi trop souvent et trop profondément sur ce sujet, pour que mon opinion puisse varier. Si ma rivale était livrée au vice, ou seulement aux folies si communes dans le cercle où elle vit; si l'attrait de ses manières était contrebalancé par un manque de moralité; si, en un mot, elle m'était inférieure pour les vertus et pour la moralité, le cas serait différent; mais cela n'est pas, et je reconnais en tout sa supériorité.

— Maria! s'écria madame Ogilvie avec le

ton de la surprise et presque de la colère, vous
ne pouvez penser ce que vous dites; vous,
généreuse, vertueuse, modeste, exempte de
toute vanité, de toute affectation, vous êtes
inférieure à une femme qui....

—Ma chère maman ! interrompit vivement
Maria, comme pour l'empêcher de déprécier
lady Egglestone devant Orlando et de blesser
son sentiment; chère et trop bonne mère, re-
prit-elle tendrement, votre partialité pour moi
a toujours exagéré mes qualités, et vous m'avez
vue bien différente de ce que je suis. Pourrai-je être heureuse avec un mari, quelque
indulgent qu'il fût pour mes défauts, qui ne
pourrait ni me juger ni m'apprécier comme
vous l'avez toujours fait ? pourrai-je espérer
d'Orlando cette prévention maternelle à laquelle vous m'avez accoutumée ? Percy, plus
je vous aime et plus je serais malheureuse à-
présent étant votre femme; votre tolérance,
votre bonté, vos sourires mêmes, je les re-

garderais, non comme des artifices, mais comme des sacrifices; nous serions tous les deux soupçonneux l'un avec l'autre, et mécontens de nous-mêmes.

—Maria, pourriez-vous jamais douter de mon estime, de ma reconnaissance?

—Peut-être que non; et votre estime, votre reconnaissance auraient une fois suffi à mon bonheur; mais quand je sais qu'une autre femme existe, qu'elle a le pouvoir d'exciter dans votre cœur les sentimens les plus passionnés, quand cette femme mérite aussi votre estime, et peut-être votre reconnaissance.... Orlando soupira, et une rougeur passagère sur les joues de Maria prouva qu'elle remarquait son émotion.

—Ne me croyez pas capricieuse, Percy, dit-elle d'une voix tremblante, lorsque je reconnais qu'il fut un temps où j'aurais été satisfaite de posséder seulement votre estime et votre amitié, quand je croyais que vous n'aviez d'amour véritable pour aucune femme, mais jamais, jamais je n'aurais pu soumettre mon cœur à partager vos affections avec un autre objet; je pouvais être contente d'un cœur insensible à l'amour, mais non pas d'un cœur qui se partage.

Maria dit ces derniers mots avec un ton si prononcé, un tel calme dans son expression, une telle dignité, qu'elle surprit Orlando. Les derniers efforts de sa résolution étaient faits, son courage avait succombé un moment, mais, comme Antée, elle se releva avec une vigueur nouvelle : Percy était actuellement plus agité qu'elle.

—Mais sûrement vous ne pouvez supposer, Maria, reprit-il, que si vous consentiez à être ma femme, je chercherais encore à revoir celle.... à la retrouver (il ne put prendre sur lui de dire le nom de Caroline). Non, Maria, ces jours sont passés, c'est fini pour toujours; d'autres scènes, d'autres contrées...

—Et pensez-vous, Orlando, interrompit miss Oglivie, que le bonheur pourrait exister dans notre union quand une pensée interdite, une contrée interdite, le souvenir de ce qui est défendu, plus dangereux encore par cette prohibition, serait sans cesse entre nous comme un nuage noir? et d'ailleurs le jour peut venir, et n'est peut-être pas éloigné, où je me trouverais être le seul obstacle à votre bonheur. Tout le sang d'Orlando monta sur son visage, sur son front; il le couvrit de ses deux mains; à peine pouvait-il respirer, il lui eût été impossible de parler.

Maria se tut un instant : —Mon cher Orlando, lui dit-elle avec l'accent de la bonté, mais non du sentiment, c'est votre tête et non votre cœur qui plaide pour moi; ce sont vos principes, votre honneur, et non vos sentimens qui vous ont amené à Langwyrd. Je veux être votre amie autant que je l'eusse jamais été, mais je ne serai pas votre femme.

Le songe de l'amour est fini pour moi; j'ai senti la nécessité et même la possibilité de subjuguer mon attachement; et quand une fois nous sommes convaincus que l'amour peut être subjugué, c'est une preuve qu'il est déjà à moitié passé, et que bientôt il le sera entièrement.

Elle se tut : Percy la regarda fixement; leurs yeux se rencontrèrent; ceux de Maria n'exprimaient ni regret ni ressentiment : elle ne rougit ni ne pâlit; sa résolution était si déterminée, sa conduite si décidée, qu'elle ne crut pas nécessaire de prendre un air de dignité ou d'émotion qu'elle ne sentait pas; elle redevint tout-à-fait simple et naturelle, et Percy vit bien alors que son refus était irrévocable.

—Que le ciel veille sur vous, chère Maria, et vous rende heureuse ! lui dit-il avec une sensibilité bien réelle. Il prit sa main, qu'elle ne retira point, et la baisa tendrement en signe d'adieu ; se tournant ensuite vers madame Ogilvie, il réitéra ses adieux ; elle les lui rendit avec une expression amicale. Il sortit, et retrouva dans le vestibule d'entrée ses gens attendant encore ses ordres, et son carrosse attelé devant la porte ; il se jeta dedans, et partit rapidement de Langwyrd pour n'y plus revenir. Ses sensations actuelles étaient très-extraordinaires ; c'était la première fois depuis qu'il connaissait miss Ogilvie, c'est-à-dire depuis son enfance, qu'il avait vraiment compris et apprécié son caractère ; il l'avait toujours crue bonne, douce, indulgente, mais jamais il n'avait imaginé qu'elle pût allier à ces qualités autant de noblesse, de raison et de fermeté. Cette conviction tardive lui fut donnée au moment où, pour la première fois de sa vie, il n'était plus en son pouvoir d'obtenir sa main. Jusqu'alors c'était lui, et lui seul, qui avait balancé, hésité pendant long-temps, et retardé leur union projetée ; à-présent c'est

elle seule qui y renonce pour jamais. Soit que
sa vanité fût blessée, soit les vertus et le beau
caractère qu'elle venait de déployer, il est sûr
qu'il éprouvait quelque chose de semblable à
un *désappointement* du refus de ses offres,
que peu d'heures auparavant il regardait
comme le plus grand effort de son courage et
de son obéissance. Telle est l'inconséquence
du cœur humain ; il ne sent le prix du bien
qu'il possède que lorsqu'il l'a perdu. La force
d'esprit de Maria, la clarté de son entendement, la chaleur de son cœur, revenaient
tour-à-tour à sa mémoire ; il voyait une jeune
personne qui, pendant des années, avait nourri
dans son cœur un attachement légitime et sincère, sanctionné par sa famille, fortifié par
une douce intimité ; il l'avait vue arriver au
point où son innocent amour était récompensé
par la certitude de s'unir à celui qui en était
l'objet, et, sans un murmure, laisser arracher
la coupe du bonheur qui touchait déjà à ses

lèvres, par la main qui la lui avait présentée :
il la voyait possédant toutes les vertus de son
sexe, résigner avec calme l'espoir qui avait
été le but de sa vie, et céder à une rivale,
dont elle reconnaissait le mérite, ce cœur
qu'elle avait si long-temps chéri comme son
bien le plus précieux. Maria Ogilvie emploie
toutes ses forces, toute son énergie à surmonter une passion qui a crû avec elle, et dans le
moment où l'accomplissement de ses vœux
était en son pouvoir! Quelle confiance ne
pourrait-on pas reposer sur les principes d'une
telle femme! quel bonheur constant ne devait
pas être le lot de celui qui posséderait les affections d'un cœur aussi tendre, aussi dévoué!
et c'est ce cœur qu'Orlando a blessé au vif,
c'est cette femme qu'il a injuriée et rejetée!
Le souvenir même de Caroline était pendant
quelques momens suspendu par ces réflexions;
il maudit le destin qui l'avait conduit dans une
route périlleuse, où il s'était égaré, où il avait

perdu le bonheur qu'il avait sous la main. Ah! s'il eût pu recommencer cette dernière année, comme il se serait conduit différemment! Quoi donc! aurait-il voulu, au prix de tout ce bonheur, ne pas avoir connu Caroline, cette perfection idéale dont la femme outragée pour elle est forcée de reconnaître le mérite *supérieur à tout*, les charmes, l'attrait dont elle est douée? Il se rappelle jusqu'au moindre mot de son éloge par Maria, et, s'il a commencé par admirer celle-ci, il finit par idolâtrer Caroline.

Il est à peine croyable qu'un homme dans la situation d'Orlando pût avoir d'autres pensées que celle de sa prochaine rencontre avec sir Georges Montgomery; cependant il n'en est pas moins vrai qu'en quittant Langwyrd, elle s'était de nouveau effacée de son esprit; cela tenait d'abord à sa grande préoccupation, et plus encore à son indifférence, pour ne rien dire de plus, sur l'issue de ce combat. Bien décidé à ne pas attaquer la vie de celui qu'il avait nommé si long-temps son ami, il pensait, avec plaisir, que peut-être, dans quelques heures, la sienne serait terminée, et cette idée n'avait rien que de consolant pour lui. Plein de confiance en son créateur, il pensait avec délice que peut-être, dans sa bonté, il le retirerait à lui avant qu'il eût à survivre à Caroline. Il regarda sa montre en arrivant à l'auberge; elle marquait quatre heures : « Dans deux heures, pensât-il, je puis être dans un repos éternel! » Pour éviter de donner aucun soupçon, il ordonna son dîner comme à l'ordinaire; il dit à ses gens qu'il repartirait avant la nuit, et à La Fleur, de se préparer à l'accompagner quelque part, à pied, à six heures : il procéda ensuite, avec la plus parfaite tranquillité, à l'arrangement de quelques affaires qui revinrent à sa mémoire; il rouvrit le paquet adressé à sa cousine, qu'il avait si soigneusement cacheté la veille; il en sortit le bracelet qu'il avait cru ne

jamais revoir ; il l'attacha autour de son bras,
disant avec vivacité : « Non, pendant ma vie
je ne m'en séparerai plus. »

Le temps s'écoulait ; il n'avait plus qu'un
quart-d'heure ; il l'employa à écrire un adieu
de quelques lignes à lady Egglestone ; il le
plaça dans sa lettre à lady Anne Macpharland,
et referma de nouveau le paquet qui m'était
adressé, puis, prenant ses pistolets, il se hâta
d'arriver au rendez-vous, suivi de La Fleur.
Ce ne fut que lorsqu'ils eurent atteint le bois
qu'Orlando expliqua à ce fidèle domestique
l'objet de sa promenade ; mais les figures de
sir Georges et de son témoin, entrant aussi
dans le bois par le côté opposé, arrêtèrent
les lamentations et les supplications du pauvre
La Fleur effrayé. Orlando, marchant plus vite,
rencontra son adversaire à moitié chemin.

Un silence de quelques minutes suivit ; chacun d'eux évitait de regarder l'autre ; il fut
rompu par le second de sir Georges, qui de-

mandait s'il devait marquer les distances. Orlando y consentit, ajoutant qu'il le priait aussi d'examiner les pistolets, et de donner le signal, n'ayant point de second. Les lèvres de Montgomery tremblaient, comme s'il eût voulu parler sans le pouvoir ; il regarda son témoin comme s'il lui demandait de chercher des moyens de réconciliation : mais c'était un simple Gallois, qui n'avait jamais assisté à de telles scènes, et tout-à-fait ignorant des formes usitées ; il avait seulement compris qu'il devait accompagner sir Georges pour se battre en duel avec M. Percy, et il croyait que sa seule affaire était d'expédier celle-là. Les adversaires prirent leur station en silence. — Refusez-vous encore une explication ? demanda Montgomery.

— Vous l'avez rendue impossible pour vous comme pour moi ! répondit Orlando avec beaucoup de calme.

Le signal fut donné : tous deux firent feu,

Orlando dans les airs, Montgomery sur lui.

—Etes-vous satisfait? demanda Percy, tâchant de couvrir avec sa main la blessure qu'il venait de recevoir ; mais le sang s'échappa par torrens. Montgomery jeta au loin son pistolet, et vola pour le soutenir, en s'écriant avec l'accent du désespoir : « Mon Dieu ! mon Dieu ! je vous ai tué, mon cher Orlando ! »

— Je crains que non, Georges, dit Percy avec un faible sourire ; mais, quoi qu'il arrive, si j'ai retrouvé mon ami, je ne paie pas trop cher ce bonheur.

Montgomery était plus que lui dans une vraie agonie ; il continua cependant de tâcher d'arrêter le sang, mais en vain ; il était cent fois plus déchiré par ses remords que Percy par le coup qu'il avait reçu.

Le second et La Fleur avaient disparu ; le premier, pour pourvoir à sa sûreté individuelle ; et La Fleur, pour chercher des secours à son bien-aimé maître. Heureusement le chirurgien du village se trouva chez lui, et La Fleur l'amena, hors d'haleine, au lieu du combat. Quand ils arrivèrent, Percy était étendu évanoui par la perte de son sang; et sir Georges, presque dans le même état par l'excès de sa douleur, le tenait encore dans ses bras.

En vain le chirurgien le conjura de songer à sa sûreté, et de se cacher au moins jusqu'à ce que la nature de la blessure fût constatée. Il refusa péremptoirement de quitter Orlando, et, presque dans le délire du désespoir, il aida à transporter le blessé à l'auberge, sa propre demeure étant trop éloignée.

CHAPITRE XXVII.

Heureusement pour Orlando, le chirurgien qu'on avait appelé possédait plus d'habileté et moins de présomption que plusieurs de ses confrères; il fit l'extraction de la balle sans beaucoup de difficulté, et bientôt il assura que la blessure ne compromettait pas la vie d'Orlando, ce qui délivra Montgomery de son horrible angoisse. Ses regrets d'avoir été capable, même dans l'excès de la passion, de lever une main armée contre l'homme qu'il avait si long-temps aimé comme un frère, ne furent pas si aisément dissipés; mais enfin la certitude qu'Orlando lui pardonnait, le bonheur de le voir rendu à la vie, disssipèrent cette impression, et l'événement qui devait détruire à jamais leur amitié, lui donna une nouvelle force et la rendit plus intime.

Dans la première effusion d'une entière
confiance, Montgomery confessa l'attachement qu'il nourrissait depuis long-temps en
secret pour Maria Ogilvie; l'ayant connue
dès ses plus jeunes années, il avait vu ses vertus et son mérite se développer par degrés, et
leur avait rendu un juste hommage. La circonstance de ses engagemens avec Percy, qui
étaient en apparence un obstacle insurmonta-
ble à l'amour de sir Georges, avait peut-être
contribué à exalter sa passion, en l'aveuglant
long-temps sur son existence. Montgomery
et Percy étaient camarades d'école; ils se liè-
rent ensemble à l'âge où le cœur est le plus
susceptible de fortes impressions, et leur intimité, fondée sur une estime mutuelle, semblait défier le temps de pouvoir jamais y porter la moindre atteinte. Pendant les vacances,
Orlando n'avait pas manqué de présenter à
son ami sa *petite future* (c'est ainsi qu'il appelait alors Maria). Sir Georges, à qui son carac-

tère et ses manières simples et douces plai-
saient beaucoup, rechercha toutes les occasions
de la voir, et depuis long-temps il avait pour
elle un sentiment bien plus vif que l'estime et
l'amitié, tandis qu'il croyait encore qu'il ne
l'aimait que comme la femme que devait
épouser son ami. Orlando lui confiait toutes
ses pensées, toutes ses folies, tous ses amours
de jeunesse ; il lisait au fond de son cœur, et
se lamentait de bonne-foi de le voir insensible
aux vertus, aux qualités solides de celle qu'il
chérissait si tendrement. Un autre homme,
moins délicat ou moins généreux, aurait probablement encouragé Percy dans son inconstance ; il aurait tâché de s'approprier un trésor
que son ami ne savait pas apprécier ; mais la
conduite de Montgomery fut bien différente :
en même temps qu'il voyait la réelle indifférence d'Orlando pour Maria, il n'était pas
aveuglé sur l'enthousiasme et l'amour qu'elle
avait pour lui. Comme ami d'Orlando, il ob-

tint aussi la confiance de l'ingénue Maria ; elle lui avoua ses appréhensions, ses espérances, tous les sentimens variés qu'elle éprouvait, tandis que, dans la crainte d'embarrasser ou de gêner Orlando, elle les lui cachait à lui-même.

La pitié de ses souffrances vint ajouter à l'admiration de son caractère pour enflammer plus encore Montgomery ; il ne se faisait plus d'illusion sur la nature de son attachement ; chaque jour il sentait avec plus de force que la possession d'une telle femme serait le plus grand des bonheurs; mais, aimant aussi Orlando, il se détermina, avec une générosité romanesque, à se sacrifier lui-même, et puisque cette union était le vœu de deux familles, et celui du cœur de Maria, il se promit de faire tout ce qui dépendrait de lui pour qu'elle eût lieu.

Ce fut dans ce louable dessein qu'il tâcha d'arracher Orlando aux piéges et aux séductions de la dangereuse Adeline ; il y réussit en excitant l'amour-propre et la coquetterie de cette jeune personne, livrée trop tôt à elle-même, et déjà dépravée. Il savait que le poison porte avec lui son antidote ; il était sûr que dès qu'Orlando verrait la difformité intérieure de la Circé qui le retenait dans ses chaînes, elles tomberaient d'elles-mêmes, et qu'Adeline et ses charmes trompeurs perdraient tout leur pouvoir. Il fit plus ; il pressa Percy de renouveler ses engagemens avec Maria ; mais dès qu'il y eut réussi, il se retira dans une terre qu'il avait dans le pays de Galles, incapable d'être le témoin d'une union qu'il avait eu le courage d'avancer, mais qui lui ôtait jusqu'à la dernière ombre d'espérance.

Les événemens trompent souvent la prudence humaine ; la maladie du père de Maria suspendit son mariage, et la ramena, sans Orlando, dans le voisinage de sir Georges, qui

ne put prendre sur lui de la fuir encore, lorsque son amitié devenait la seule consolation
de cette intéressante fille. Un autre motif le
retenait près d'elle ; il pouvait combattre les
méchantes et continuelles insinuations de madame Minden contre Orlando, non qu'il ne
fût convaincu qu'elle ne se trompait pas sur
les sentimens de Percy pour la comtesse. Dès
la première lettre qu'il reçut du château d'Egglestone, il avait craint et prévu tout ce qui
était arrivé ; mais plus la tâche devenait diffi-
cile, plus il eut la générosité de vouloir l'exécuter : il fut aussi infatigable à prendre la défense
de Percy, que madame Minden l'était à l'accuser, à calomnier ses actions, à mettre au jour
ses pensées. M. Ogilvie mourut ; Montgomery
engagea Maria d'écrire à Orlando, et de le
prier de venir ; lui-même écrivit fortement à
son ami, pour lui en faire sentir la nécessité,
et ces deux lettres restèrent sans réponse : la
première fut interceptée par madame Min-

den, la seconde fut négligée, et le coupable Orlando ne parut pas à Langwyrd. Il ne fut plus possible à Montgomery de l'excuser; toutes les particularités de sa conduite à Londres furent communiquées à Langwyrd, et envenimées; el'es n'admettaient ni apologie ni réfutation, et sir Georges lui-même n'éprouva plus qu'un vif ressentiment des offenses faites à la femme qu'il aimait : il finit enfin par se regarder comme le vengeur des procédés injurieux qu'il ne pouvait plus pallier.

Cependant il n'en aurait pas cherché l'occasion, mais elle se présenta dans un moment si inattendu, qu'il ne fut pas en garde contre lui-même. En trouvant tout-à-coup à Langwyrd Orlando établi dans le salon, l'aiguillon de la jalousie vint aggraver sa colère et son ressentiment, et lui fit oublier l'*ami* pour ne plus voir que le *rival*, qui venait, sans aucun autre droit que ses offenses, se ressaisir d'un

bien qu'il ne méritait pas, et dont sir Georges
commençait à espérer la possession. Il s'était
cependant abstenu d'exprimer ses sentimens
à miss Ogilvie ; un mélange d'orgueil et de défiance de lui-même l'avait retenu. Il savait
combien Percy lui était supérieur en moyens
de plaire, et combien Maria l'avait aimé ; ce
n'était que sur la prolongation de son absence
et de ses torts qu'il fondait l'espoir de lui succéder dans le cœur de Maria. Content d'être
reçu à Langwyrd de la mère et de la fille
comme un intime ami, il attendait du temps
et de la raison de celle qu'il aimait, le moment où , libre de son long attachement pour
un ingrat, elle pourrait récompenser le sien.
Il n'est donc pas étonnant que, lorsque l'arrivée d'Orlando lui fit croire que toutes ses
espérances étaient anéanties, il ne fût pas
maître de lui-même. Il était encore dans l'erreur au moment du combat ; et croyait ferme-
ment que Maria avait pardonné à Percy ; dans

son désespoir de l'avoir blessé, il pensait bien autant au chagrin de cette fille chérie qu'au sien propre ; la vie du futur époux de miss Ogilvie lui était aussi sacrée que celle de son ancien ami. Dans l'agonie de ses remords, il confia à Orlando toutes ses pensées, toutes ses longues peines : ce ne fut qu'après lui avoir dit que son intention positive était de quitter l'Angleterre, pour n'y revenir jamais, qu'il apprit que le bonheur d'être l'époux de Maria lui était encore réservé, si elle y consentait.

L'agitation de ces mutuelles confidences, qui pouvaient être si préjudiciables à Orlando, eurent un effet contraire. Personne ne peut connaître les délices d'une amitié renouvelée, que ceux qui ont souffert toutes les angoisses d'une rupture, et de la perte d'un ami par des torts mutuels : le perdre par la mort est peut-être moins cruel, et la joie d'avoir retrouvé son cher Montgomery plus que jamais digne de toute son estime, fut un

baume pour sa blessure. L'idée du bonheur
qui attendait cet ami si cher dans son union
avec miss Ogilvie (dont il ne voulait pas douter) fut aussi pour lui la source d'un plaisir
extrême; elle semblait décharger son esprit
de la moitié de ses soucis. Maria avait bien
raison quand elle lui disait que c'était *sa tête*
et non pas *son cœur* qui plaidait pour elle;
car pendant qu'il se plaisait à penser que deux
caractères aussi parfaits, aussi semblables que
celui de sir Georges et de Maria trouveraient
leur récompense en faisant le bonheur l'un de
l'autre, il jouissait avec délices de la certitude
qu'il était libre, et de la possibilité que Caroline pût l'être un jour.

Pour plusieurs raisons, il était impatient
de partir; il sentait que son voisinage serait
une source d'embarras pour miss Ogilvie et
sir Georges, et desirait avec ardeur de se
rapprocher de lady Egglestone, pour avoir
au moins de ses nouvelles; il insista donc

pour se mettre en voyage avant que le chirurgien voulût le lui permettre.

Avant que de quitter le pays de Galles, il
adressa une lettre à miss Ogilvie, non comme
un époux rejeté l'aurait écrite, mais comme
l'affection du plus tendre frère et de l'ami
le plus zélé l'aurait dictée; il plaida la cause
de Montgomery avec toute la vivacité de l'a-
mitié pour tous deux, mais en évitant cependant de blesser sa sensibilité et sa délicatesse, par l'apparente présomption de diriger
son choix, ou par une indifférence morti-
fiante sur le changement de ses affections.
Ces nuances auraient été difficiles pour tout
autre, mais ne le furent point pour lui, et
Maria fut contente de cette lettre.

Au bout de quinze jours, Orlando quitta le
pays de Galles avec des sentimens bien diffé-
rens de ceux qu'il y avait apportés; alors
tout était pénible et forcé, à-présent il est
content de lui et des autres; il a rempli ses

devoirs envers miss Ogilvie, en lui offrant
les réparations en son pouvoir pour ses né-
gligences passées, et ce qui lui donnait encore
plus de satisfaction, c'était d'avoir obéi aux
ordres de son adorée Caroline, sans qu'il lui
en eût coûté le sacrifice de sa liberté : les
nuages entre lui et Maria étaient dissipés, et
il pouvait encore contribuer à son bonheur.
J'ai dit que la disposition naturelle de mon
cousin Orlando était la gaîté et la vivacité
poussées à l'extrême; l'espoir était on clément, et tout semblait l'alimenter; il regardait dans l'avenir, et n'y voyait plus qu'une
félicité sans bornes. Il ne pouvait pas s'ima-
giner qu'il y eût le moindre danger dans la
maladie de Caroline; il n'avait pas vu les ravages du mal et sa maigreur; et ses yeux
brillans de fièvre, il les voyait encore animés
par le plaisir; il se l'imaginait encore comme
il l'avait laissée, gaie, brillante, florissante
comme dans les premiers jours de leur con-

naissance : sa voix, qu'il avait entendue au clair de la lune, était faible et voilée, mais quoique éloignée, elle avait pénétré dans son cœur; elle chantait encore; elle pinçait sa harpe. Jugeant d'elle par lui-même, il pensait qu'un amour sans espérance peut flétrir pour un temps la fleur de la jeunesse, mais que le bonheur renouvelle bientôt sa fraîcheur.

Il m'avait écrit quelques lignes le jour après sa rencontre avec Montgomery; trop faible pour entrer dans aucun détail, il me disait seulement que les suites d'un malentendu le retiendraient quelque temps au lit, et qu'il était libéré de son engagement avec miss Ogilvie. Je ne crus pas devoir en instruire Caroline; ces deux nouvelles lui auraient fait une peine cruelle, et dans l'état de faiblesse où elle était, lui auraient peut-être donné le coup de la mort. Orlando la jugeant encore par ses propres sentimens, pensait qu'en secret elle se réjouirait de le sentir libre : Je lui obéirai en toutes choses, disat-il ; je ne reverrai pas *la femme du comte d'Egglestone*, je ne lui écrirai pas, mais je l'adorerai toujours, et l'avenir nous dédommagera du présent. Caroline! adorée Caroline! nous pouvons encore être heureux!

En attendant, l'émotion que lui donnait l'espoir d'un tel avenir, jointe à la fatigue de son voyage, retarda son entière guérison, et deux jours après qu'il eut quitté Langwyrd, sa blessure, à peine fermée, se rouvrit, et il fut retenu dans une petite ville sur la frontière du pays de Galles, pendant près de trois semaines. Enfin, dans le commencement d'octobre, il arriva chez lui : il y avait une année qu'il était débarqué à Douvres, pour aller rejoindre, à Bringhton, sa fiancée Maria Ogilvie ; il s'arrêta à peine à cette pensée ; impatient de lire des lettres que, depuis qu'on ignorait son adresse, on avait gardées chez lui jusqu'à son retour, il se les fit remettre en arrivant.

Deux, cachetées de oir, et l'adresse d'une
main d'homme qui luétait inconnue, attiré-
rent son attention; il s ouvrit, et lut ce qui
suit :

4 septembre.

« MONSIEUR,

» Comme l'héritierprésumé de la fortune
et des possessions de fe lord comte d'Egglestone, j'ai l'honneur d vous informer que sa
seigneurie est décédée e 3o du mois passé, à
la suite d'une chute c cheval, aux courses,
près de sa terre.

» J'ai mis les scellés sur la vaisselle et
sur les bureaux, dans a maison de ville, qui
sont censés renfermerdes papiers ou autres
objets précieux; les mêmes précautions ont
été prises au château 'Egglestone. La comtesse doit venir à Lodres lundi prochain,
pour assister à l'ouverare du testament, lequel est déposé chez M Drumond, à Charing-

Cross; vous êtes sommé de vous y rendre également, ou d'appointer quelqu'un pour vous représenter, lundi 12 du courant.

» Je suis, monsieur, votre très-humble et très-obéissant serviteur,

» Thomas KEENNE, notaire juré. »

SECONDE LETTRE.

Lincoln-Inn, 16 septembre.

« MONSIEUR,

» N'ayant reçu aucune réponse à ma lettre du 4, contenant la communication de la mort de lord Egglestone, j'avais conclu que vous vous proposiez d'assister en personne à l'ouverture du testament, dont le contenu doit vous être très-agréable. La famille s'est assemblée chez le défunt à Grosvenor Square, à une heure après midi, mardi 12 du courant ; en conséquence de votre absence, l'ouverture du testament fut différée pendant trois jours suc-

cessifs, à la requête de la comtesse d'Egglestone;
mais sa seigneurie étant malade , et les médecins lui ayant ordonné immédiatement les
bains de Clifton, le testament fût ouvert hier,
non obstant mon desir que vous y eussiez assisté
en propre personne ; j'espère au moins que vous
êtes bien convaincu que rien, de ma part, n'a
été omis pour vos intérêts. J'ai l'honneur de
vous apprendre que vous êtes le seul héritier
de toutes les propriétés libres du seigneur défunt, à l'exception des legs, montant à cinq
mille pièces , données à lady Margaret Leyden
et à ses domestiques, et de la somme de dix
mille livres sterlings, en addition aux avan-
tages de contrat de sa veuve, la comtesse
d'Egglestone, à laquelle il lègue aussi sa maison et ses biens de Berkshire, pour sa vie;
mais à sa mort, ils doivent revenir soit à vous,
soit à vos héritiers.

» Espérant, vu le mauvais état de santé de
la comtesse, que vous entrerez bientôt en pos-

session de ceci et de votre légal héritage, pour lequel j'ai l'honneur de vous offrir mon assistance, j'ai celui d'être,   Monsieur,

Votre plus humble et plus obéissant serviteur,

» Thomas KEENE, notaire juré. »

Orlando lut à peine ces lettres, et n'y vit d'abord autre chose que la mort du comte, et que la comtesse était à Clifton. Il avait déjà fait quelques milles sur la route, avant que les mots de *seul héritier,* de *possesseur de toutes ses propriétés,* eussent pour lui aucun sens distinct; mais en relisant la dernière lettre du notaire, le vœu qui la terminait le frappa d'horreur : Indigne brute! s'écria-t-il avec fureur, en déchirant la lettre en mille pièces et la jetant au vent.

C'était le 8 *d'octobre* que Percy arriva à Clifton, précisément *un an et un jour* après son arrivée à Douvres; il s'informa où logeait lady Egglestone ; on lui indiqua la terrasse de Windsor ; il répéta encore l'ordre qu'il n'avait cessé de donner tout le long de la route : *Vite ! plus vite ! au nom du ciel, plus vite !* Il arriva enfin devant la maison que lady Egglestone occupait. L'idée qu'il lui était permis de la revoir, qu'il était si près d'elle, lui donnait une telle émotion, qu'il était presque hors de sens ; il ouvrit la portière et sauta sur le chemin : avant que la voiture fût arrêtée, il était sur le pas de la porte de la maison.

Trois hommes vêtus de noir en sortaient : c'étaient les médecins qui venaient de visiter l'intéressante malade, et m'avaient laissé peu, bien peu d'espoir. Orlando comprit qui ils étaient, et n'osa leur faire aucune question ; il se précipita dans l'entrée, où il y avait un laquais qui le reconnut, devint pâle comme la mort, et joignit les mains en s'écriant : Mon Dieu ! monsieur Percy !... Orlando, effrayé à l'excès, chancela, et fut forcé de s'appuyer sur la rampe, sans pouvoir parler. Le laquais lui dit avec un accent ému : « Monsieur, milady est dans le salon avec lady Anne Macpharland; mais je.... voulez-vous... »

Orlando n'entendit plus rien; ses craintes mortelles s'évanouirent : *Elle est au salon !* il monta l'escalier comme l'éclair; à peine le laquais pouvait-il le suivre pour lui montrer l'appartement.

J'avais pris, à la prière de Caroline, ma station accoutumée à côté de la fenêtre; convaincue que sa fin approchait, elle avait enfin demandé que son père et sa sœur fussent instruits de son état actuel, et dès que mes lettres furent parties, son impatience de leur arrivée et son agitation augmentaient de quart-d'heure en quart-d'heure. J'attribue à cette attente le soudain et rapide changement qui avait eu lieu dans le cours de quelques jours, et qui était très-alarmant.

Malheureusement elle entendit la première

le pas des chevaux et le roulement de la voiture d'Orlando s'arrêtant devant la porte ; elle se souleva avec peine du lit de repos où elle était couchée, et, se soutenant sur un bras, regarda du côté de la fenêtre avec une expression mêlée de triste plaisir et d'anxiété : Mon père ! s'écria-t-elle. Au même instant, Orlando entre et se précipite à genoux devant elle. Elle jeta un faible cri ; ses yeux se fermèrent, et elle retomba en silence sur son oreiller ; la rougeur qui, l'instant auparavant, colorait ses joues, fit place à une pâleur rendue plus frappante par le contraste avec son deuil profond : elle était aussi immobile, aussi belle qu'une statue de marbre sur un cénotaphe.

Je sais à peine ce que Percy faisait et disait ; il était complètement égaré, et mon état approchait du sien ; il se maudissait, et criait : « C'est moi qui l'ai tuée. » Je soutenais la tête de ma pauvre amie, je lui faisais respirer des sels ;

à peine capable de retenir mes propres sentimens, je conjurai mon cousin de réprimer
l'expression de son désespoir. Il saisit sa main
qui pendait à côté d'elle, cette main dont
l'attouchement avait le pouvoir de réveiller
tous les sentimens jusqu'au fond de l'âme, et
qui, à-présent, était insensible, froide, éten-
due. Orlando la couvrait de ses brûlantes
larmes ; elles rappelèrent, pour un instant
encore, un éclair de vie : la mourante ouvrit un instant les yeux.

« Caroline ! ma Caroline ! » s'écria Percy
avec un accent déchirant. Elle retira sa main,
et détournant son visage : « Où est votre femme?
demanda-t-elle ; où est Maria ? » Et ses lèvres,
tout-à-fait décolorées, tremblaient en pro-
nonçant ce mot.

— Ma femme ! s'écria Percy ; il n'en existe
qu'une pour moi dans l'univers ! qu'elle consente à vivre, et nous pourrons encore être
heureux ! Caroline ! nous sommes libres tous

les deux! vivez, ma bien-aimée Caroline!
vivez pour votre Orlando!

Je ne puis décrire l'expression de la céleste
physionomie de Caroline; mais je ne l'oublierai jamais, quand elle se retourna de son côté:
élevant premièrement ses beaux yeux vers le
ciel, et jetant ensuite un long et triste regard
sur Percy, enfin elle articula presque inintel-
ligiblement : « Il est trop tard à-présent. »
Puis elle ajouta, comme une réponse à un
signe convulsif de désespoir : « Mais nous
pourrons encore nous rencontrer dans le ciel,
y être heureux éternellement tous les deux
près d'un Dieu bon et clément, si vous souffrez avec résignation. »

— Oui, Caroline! s'écria-t-il d'une voix
basse et concentrée, oui! nous nous retrouverons pour ne plus nous séparer! jamais! jamais je ne puis vous survivre! La force factice
de Caroline était entièrement épuisée; ses lèvres remuaient encore; mais, excepté les mots

de *patience*, *résignation* et *bonheur éternel*, ce qu'elle disait aurait été inintelligible, sans l'expression vraiment céleste de sa physionomie ; son sourire, tel que je ne l'avais point encore vu aussi délicieux, aussi inimitable, effleura encore sa bouche, ranima encore son aimable visage ; ses yeux ouverts à dœmi, tournés vers Orlando, avaient une expresssion si pure, si touchante, qu'elle semblait être un ange prêt à s'envoler dans les cieux.

Au même instant, une voiture roulant très-vite se fit entendre, et s'arrêta à la porte ; je volai à la fenêtre, et revolai vers elle, pour la préparer à voir son père et sa sœur bien-aimée.

« Est-ce mon père ? » demanda-t-elle aassez ivement.

—Calmez-vous, chère Caróline ; oui, c'est votre père et Julia ; je les entends sûr l'escalier ; ils sont à la porte ; Dieu vous a conserrvée pour les revoir.

—Mon Dieu, soyez béni ! s'écria-t-elle.. Ses

dernières paroles furent une pieuse reconnaissance, son dernier sentiment l'amour filial.
Au moment où ces êtres chéris entrèrent,
elle fit un effort pour se lever, il fut inutile ;
elle serait tombée à terre si Orlando ne l'avait
retenue dans ses bras ; bientôt elle fut aussi
dans ceux de son père et de sa sœur ; elle les
nomma tous les deux, et cessa de vivre ; son
dernier soupir s'exhala sur la joue d'Orlando.

Qu'on se rappelle le beau tableau du voile
sur la figure d'Agamemnon ; je le pose sur
celle d'un père et d'une sœur inconsolables ;
je ne puis décrire le désespoir dont je fus le
témoin, et que j'éprouvais.

Lecteurs, si vous aviez connu comme moi
lady Egglestone, vos larmes inonderaient cette
page.

J'ai aussi survécu à Orlando. Caroline, en
expirant, lui avait ordonné la *résignation* ;
elle y attachait l'idée *d'une réunion éternelle* ;
il ne voulut pas troubler ses cendres, et le

bonheur dont son âme pure jouissait dans le
sein de Dieu, par un coupable désespoir ; il
supporta la vie, mais ne la ménagea pas. Dans
la gazette de Londres du 3 mars 18.., son
nom se trouve parmi celui des morts à la ba-
taille de Waterloo : je l'aimais trop sincère-
ment pour regretter qu'il eût enfin trouvé le
repos qu'il cherchait, en partageant la gloire
de Wellington. Que de fois, avant son départ,
nous avons arrosé de nos larmes le tombeau
de notre adorée Caroline ! avec quelle ardeur
il desirait que la terre s'ouvrît pour le recevoir
à côté d'elle ! Hélas ! leurs dépouilles mortelles sont séparées ; mais leurs âmes sont bien
sûrement réunies dans le sein d'un père misé-
ricordieux.

Il serait inutile de dire que la plus tendre
amitié s'établit entre lady Anne Macpharland
et Julia Bellenden, l'inconsolable sœur de
Caroline : cet ange avait légué une sœur à son
amie, et une sœur à sa sœur, pénétrées des

mêmes sentimens, des mêmes regrets : notre seule consolation est de parler sans cesse de notre douleur, et de cette femme adorée de tous ceux qui ont su l'apprécier ; de relire ses lettres, de nous retracer son image, et jusqu'aux moindres circonstances de sa trop courte vie ; de la placer entre nous au point de nous faire illusion, et de croire quelquefois la voir et l'entendre. Le père dont elle était l'amour et l'orgueil, le cousin et frère dont elle fut si tendrement aimée, la pleurent avec nous, mais font passer dans nos âmes la résignation que leur vraie religion leur inspire, et qui sans doute est le seul hommage digne d'elle.

J'ai vu, j'ai habité ce presbytère chéri où elle avait reçu le jour, où les grâces, les vertus s'étaient développées avec tant de perfection. Caroline n'a paru qu'un instant sur la terre. Elle est retournée dans sa véritable patrie,

auprès des anges, dont elle était l'image. O
mes amis, Orlando, Caroline, puissé-je mériter bientôt de vous rejoindre !

Calme mon désespoir, douce mélancolie ;
En un tendre regret viens changer mes douleurs :
Toujours du malheureux tu te montres l'amie ;
Et c'est par ton secours qu'il peut verser des pleurs.

Mon cœur est soulagé par ces pieuses larmes :
Alors, me retraçant le plus doux souvenir,
Je puis à mon chagrin même trouver des charmes :
Penser à ceux qu'on pleure est encore un plaisir.

Le soir, je vais errer au vallon solitaire ;
Près du tombeau chéri je dirige mes pas ;
Là, le saule pleureur, sur l'urne funéraire,
Penche ses longs rameaux, emblèmes du trépas..

Le zéphir les balance, et l'élégant feuillage
Me rappelle son corps svelte et gracieux ;
Soudain je crois la voir entr'ouvrir un nuage,
Sourire à son amie, et remonter aux cieux.

Visitte-moi souvent, céleste Caroline;

Daigne quitter pour moi le séjour du bonheur;

Viens m'apparaître encor sous ta forme divine

Heureuse illusion ! reviens charmer mon cœur.

ANNE MACPHARLAND.

FIN D'UN AN ET UN JOUR.

www.ingramcontent.com/pod-product-compliance
Lightning Source LLC
Chambersburg PA
CBHW061451030726
47503CB00005B/1663